原諒

原諒別人就是善待自己

經典

推薦序

原諒，療癒傷痛的良方

慈濟基金會人文志業發展處主任
資深媒體人　**何日生**

面對傷害我們的人，我們要以何種心情來對待？我們的心如何才能撫平被傷害的痛？

證嚴上人在選擇全心投入「為佛教，為眾生」的慈濟志業之後，他俗家母親從一開始的不捨、反對，到全心支持，並皈依上人做慈濟人，也成為上人的弟子。慈濟人都稱上人俗家母親為師嬤。

一九七〇年代，有一天師嬤打電話到靜思精舍。上人接了電話之後，聽到的竟是哭聲。師嬤在電話那一頭痛哭。上人不捨地趕緊問師嬤到底發生什麼事？師嬤告訴上人，他俗家的弟弟在軍中服役，被打死了！這消息，對於師嬤的家人真是晴天霹靂。「為什麼會被打死？」「弟弟在當兵期間，與班上的班長一直不和，常常衝突，結果就在這一次的衝突中，被班長打死。」上人忍著悲痛，聽著心碎的母親訴說，他立刻跟母親說：「我們要原諒人家，不要讓另外一位母親還要為失去兒子而悲傷。」師嬤邊哭邊聽著，她很勇敢地說：「師父，我會聽你的話，不會追究那位班長的責任。」

也不知道那一通電話是怎麼結束的。結果師嬤在法庭上說她原諒那位班長，她說她自己的兒子情緒也一直都不太好，才會釀成這樣的衝突。師嬤的智慧讓她選擇聽上人的話，當面對巨大的傷害，她選擇原諒。

筆者一九九一年在美國念書之際，曾製作七集的「慈濟世界」，在洛杉磯第十八頻道播出。負責其中一集剪輯的是一位大陸十分優秀的導演。在工作之間，提起上人曾經希望師嬤原諒打死弟弟的那位部隊的班長，這位大陸導演很驚訝地回我說，「如果犯罪的都被原諒，哪有正義？」

可以理解這種以懲罰制裁惡的思維並不稀奇。但是只要制裁、懲罰還存在，惡與暴力犯罪就永遠存在。為何？因為我們要改變的不是惡人而已，而是要把惡與暴力根本地在人類社會除去。我們反對暴力戕害之惡，但是即便精準細緻的懲罰次第，一樣存在著壓制、強力，包括暴力。只是法治的暴力，輕者奪人自由，重者奪人性命，一樣都存在著對抗與暴力的本質。而佛教要去除的不只罪犯、暴力，而是作為這兩項行為的根源——對抗的心，根本地拔除。上人常說：「原諒別人就是善待自己。」懷著怨與恨的心，對自己是更大的折磨。

佛陀生在一個亂世，當他自己的王國遭到外敵侵略時，已經證道的佛陀，並未採取相同的武力或對抗的形式去拯救他曾經必須繼承的迦毘羅王國。當毘琉璃王的大軍準備攻佔佛陀故國的時候，佛陀選擇坐在毘琉璃王的軍隊會行經的路邊，佛陀安然地坐在一個沒有遮蔭的樹下，毘琉璃王聽聞佛陀在樹下端坐，特地前往禮拜。毘琉璃王自然不明白佛陀坐在孤樹下的用意，於是佛陀向毘琉璃王說自己是一個沒有蔭蔽的人，據說毘琉璃王聽完佛陀所說「親族之蔭，勝餘人也」的陳述之後，大為感動就撤軍了。雖然後來迦毘羅王國最終仍沒有躲過滅國的命運，但是佛陀並不是不問世間的征戰苦難，只不過不以對抗的手段回應對抗。

佛陀在故國滅亡過程中的心境，一如印順導師所慨陳，佛陀的胸襟正是「為家忘一人，為村忘一家，為國忘一村，為身忘世間」。這忘世間，以印順導師的說明，「為身」是為自我的解脫與真理的發掘，這樣的「為身」才能為大眾，忘世間才能入世間。為身，就是一個充滿愛與清淨的身，在佛陀眼中，最大的敵人不是毘琉璃王，而是人類貪婪與對抗的心，他要真正努力的是消滅這個心，而不是去加入。所以印順導師才說，他是為身忘世間，忘國與家。

許多偉大的宗教領袖都是致力消弭人類對抗、懲罰，或以牙還牙、以眼還眼的報復之心。《新約聖經》約翰福音第八章中記載，一位猶太行淫的婦女被抓，帶到耶穌面前，要求他的審判。群眾中有人說：「這婦女是行淫時被抓的，按摩西律法應該以石打死她。」眾人也跟著附和。耶穌卻站起來拿起一塊石頭對眾人說：「你們之間有誰是沒有罪的，誰就可以先拿石頭打她。」眾人啞口無言地一個個離開了。耶穌就對那婦女說：「我也不定妳的罪，以後不要再犯罪。」

誰是沒有罪，誰沒有過錯？懲罰、報復，不管用何形式，永遠都會帶來更多的仇恨與對立。

曾經有一位報社的副總編輯來與上人見面，並且要寫一篇長的專題報導。在會面中，這位副總編輯請教上人，死刑應不應該廢除，筆者就向這位副總編輯說，上人是宗教家，他的信念一定是不殺，是原諒，他常說：「普天下沒有我不能相信的人，沒有我不能原諒的人，也沒有我不愛的人。」不過，這種宗教家的情懷，並不必須與政策等同起來，這當中不是一個那麼簡單的必然邏輯。副總編輯後來理解了上人的情懷，也收起了這個問題。

死刑該不該廢除，宗教家問的是，為何社會中會有犯罪者去殺人的事情發生。人權分子急著廢除死刑，以保護個人人權。但宗教家是希望把人性惡的成分去除，以彰顯人的價值與尊嚴。人權者保護的是基本的人權，但宗教家卻希望擴大每一個人最大的尊嚴與生命價值。這價值就是愛，這尊嚴是從體諒他人的慈悲中學會寬恕與原諒。

原諒是一種同理心，是一種無緣大慈、同體大悲的大愛。將他人也視為自己的親人一樣疼惜與不捨，但是這並不表示要縱容惡與犯錯。我們的寬恕與原諒必須也要激起他們的懺悔心，那才是真正的原諒與寬恕之意。

慈濟委員簡春梅的父親被機車撞到而往生。她的二哥與父親感情很深，久久無法釋懷，春梅師姊不斷地勸哥哥要原諒對方。肇事者是一位大學生，他感到十分懺悔。春梅自己曾經被潑硫酸而毀容，在歷經尋死之後，她選擇愛自己，做慈濟行善助人，發揮生命良能，不再追究誰是毀她容的人。父親的車禍往生，春梅極力勸導二哥，終於二哥選擇原諒，並把肇事的學生認作他的乾兒子。他們以愛，來化解怨懟。

原諒，是人類社會淨化的源頭，也是和平祥和的究竟之道，更是療癒自我傷痛最好的良方。

目次

推薦序

輯一・當下放下

〈輯一〉當下放下

林勝勝 ◎一九四四年生於臺北，是位兼具傳統美德與現代思維的女性，法號靜宥。母親杜鳳生了四個孩子後，才發現父親林再傳與外面的女人另組一個家庭；當時，二房已生了一男一女，而且長男還比元配所生的長子年紀來得大，反而變成林家的長孫；杜鳳只能忍氣承受。父親的一場死亡車禍，意外地開啟與結束四十幾年來，一家兩房無法化解的宿怨……

以愛彌痕

張明玲

一九八五年雙十節，傍晚六點多，林勝勝的父親林再傳從道場講課結束，道友們紛紛趨前讚歎：「林桑，感謝你喔！聽你講經，我脾氣已經改很多……」

「你說的道理，我最聽得下，林桑，多謝！」

再傳臉上堆滿笑意，一面微微點頭回應道友，一面戴上黑色圓頂禮帽，揹起背包，信步走出道場。

西風颳過街頭，樹梢上被染黃的枯葉冉冉凋墜，微涼秋意悄悄替大地披上一襲蕭瑟，晦暗天空飄起毛毛細雨，陡然轉涼的天氣讓再傳不禁打了個哆嗦。遠方天空零星閃耀著慶祝國慶的五彩煙火，此刻再傳的心境無意隨之聯歡，更不急著返家，他獨自緩步徐行在重慶北路四段上的騎樓，陶醉在內心世界的安詳與平靜中，享受片刻的自在。

驟失父親 恩怨未解

踩過四十個寒暑，「家」成為他最沉重的負擔，無論是面對元配杜鳳或二房彩雲的家，對再傳來説都已失去它原有的和諧與親密關係，內心除了交錯著深深的無力、孤立及自我分離感外，更滿溢對兩家子女們的歉疚與不捨。

雖然兩方子女都很孝順，但再傳無論往哪一邊靠攏，對另一方都是莫大的傷害；長久以來，他習慣往道場跑，最後索性住在道場，藉此逃避子女們口中聊以解嘲的「甲組」、「乙組」間的種種紛擾。

雨，開始變大了，斗大的雨滴斜落在再傳臉上，他皺了皺眉頭，抬起手將帽沿壓低，加快腳步橫越寬廣的馬路。就在此時，一輛疾馳的汽車對著他的方向直衝而來——輪胎與地面磨擦，發出高分貝「吱——」的尖銳聲時，再傳已來不及反應……

「砰！」一聲巨響後，時空好似突然休止。再傳整個人瞬間被一股強大的撞擊力給摔飛出去，額頭右上方硬生生烙下一個深陷的凹洞，動也不動，倒臥在血泊之中；肇事車輛像無人駕駛的幽靈車般靜止不動。幾分鐘過去，當車門緩緩被打開時，一股濃濃的酒味，霎時飄散在暗夜的空氣中，一個穿著深色夾克的中等身材男子，癱軟地坐在駕駛座上，見路人紛紛圍了過來指指點點，他才慌張下車，踱到再傳逐漸失溫的軀體旁；他自知闖了大禍，所有神識瞬間全被嚇醒，毫不遲疑地一把抱起再傳，將他放上車，火速往中興醫院趕去。

急診室冰涼的灰白方塊磁磚牆面，讓原本凝滯的氛圍更顯肅穆，心電圖顯示器依然毫無反應地呈一直線，醫生放下緊握的心臟電擊拍，挑起白被單輕輕覆蓋在再傳冰冷的身體上——驀地，生命之歌悄然譜寫至尾聲，最後一頁劇本緩緩闔上……

居煙花巷 冷暖人情

同一時間，勝勝家的客廳氣氛分外地溫馨，她正和夫婿陳炳禮及三個女兒們開心地計畫，新年長假要帶兩位老人家去哪兒度假，勝勝的母親杜鳳坐在一旁看著女兒、女婿及孫女的舉止，欣慰地說：「我知道你們的孝心，賺錢不容易，將錢省下來栽培孩子比較重要……」此時，電話鈴聲響起，勝勝拿起聽筒「喂」了一聲，不見對方出聲，她又「喂」了一聲。

「我是……彩雲的媳婦阿鶴……多桑走了……」

「甲乙兩組」合併後，林勝勝與阿鶴（左）攜手同行菩薩道（上圖）。林昭昭（左）與林勝勝姊妹情深，同耕福田（左圖）。

林再傳與杜鳳依依不捨地送么女勝勝上禮車。

勝勝聽了，張著嘴久久不能言語，她一度懷疑是「乙組」在惡作劇，但雙方結怨再深，她相信對方還不至於拿父親的死訊來開玩笑。她下意識地看了母親一眼，才壓低音量，簡短地問：「在哪裡？」

她隨即和夫婿搭上計程車，趕往中興醫院太平間。途中，勝勝感覺這一路好遙遠，她直瞪著車窗外，任街景快速飛掠而過。途經一排低瓦矮牆的房舍吸引住她的目光，她忍不住回頭再看一眼時，彷彿看到自己小小的身軀，穿梭在那低瓦矮牆的房舍間……

勝勝出生那年，再傳經商失敗，不得已賣掉在永樂町居住了十餘年的大厝，全家搬往私娼寮林立的歸綏街紅燈區。風化區難得有既識字又滿腹經綸的鄰居，所以不論地痞流氓、妓院的老鴇及小姐們，常來請再傳代讀家書或撰寫信函，這讓勝勝從小耳濡目染父親不分貴賤、熱心助人的作風。

勝勝小學時，每天清晨六點就必須穿越大街小巷，走二十分鐘路程到私娼寮幫母親收送代客清洗的衣物。遇到寒冷的冬天，六十多歲的老鴇每每看到小勝勝緊縮的身軀，總會不捨地牽起她的小手，從口袋裡掏出錢，疼惜地説道：「妳的手冷冰冰，這錢拿著，趕快去買杯熱杏仁茶喝，記得喔！」小勝勝將尚有老鴇奶奶身上餘溫的銅板，緊緊握在手上，心頭一陣溫暖，但她只想著得加快腳步，往下一個點收衣服，否則上學要來不及了。

小姐們對小勝勝也非常疼愛，有時會多給她一些零錢或糕餅，可勝勝就是牢牢記得父親的訓示，「不可輕易收受他人物品，人窮志不能窮，做人要有骨氣。」正因小時候目睹父親的古道熱腸，又感受被許多人幫助的被愛感覺，她深深覺得，無論貧富貴賤，人人都是本具愛心的好人，小勝勝發願長大後也要盡自己所能幫助別人。

一世情緣 堅強送終

「醫院到了。」運將的聲音，讓勝勝回過神來，趕緊下車。除了杜鳳還被蒙在鼓裡，么子文仲因赴中東洽談生意，正連夜趕回國沒有到場外，二房長媳阿鶴及長女燕燕夫婦都已來到太平間；元配長女A將、次女昭昭、長子文德、二子文雄、么女勝勝已陸續趕到，可說是兩家人全員到齊，兩組人馬很有默契地各據一隅，像兩條沒有交集的平行線。

慈濟志工陳錦花帶領多位志工，在太平間為再傳助念；清靜莊嚴的佛號，聲聲安住家屬倉惶、悲戚的心，讓原本該是一家人的兩組人馬稍感安定，專心地跟著齊誦佛號。而勝勝則偕同炳禮到警察局做筆錄。

當勝勝一眼認出，每天陪伴父親遮陽擋雨的黑色圓頂禮帽，及染滿血漬的背袋等遺物時，腦海不由得浮現出孩提時期，父親戴著同款式禮帽，拎著背袋，偶爾回家時，總會出其不意地從他的背袋裡，變出令人驚喜的鉛筆、糖果……想到這裡，摩挲著父親的遺物，淚水不禁滑落臉頰，先是啜泣不停，終至忍不住放聲大哭。禮帽在勝勝掌力的加壓下，漸漸扭曲變形，她好不甘心，「為什麼一個與我們家毫不相干的陌生人所犯的過錯，卻要我們一家來承受？」肇事的男子呆坐在角落，當勝勝眼角餘光瞥見他，並不想多看他一眼，更不願與他對話，彼此沒有責備、沒有道歉，現場氣氛凝結至冰點。

凝結的氣氛同樣也發生在林家客廳裡。畢竟血濃於水，杜鳳看到勝勝夫婦大半夜匆匆出門前，說話吞吐，眼神閃爍的樣子，直覺一定有事發生，她坐在幽暗的客廳裡，焦慮地等待他們回來，見到勝勝一進門，劈頭就問：「你們多桑出事了？」原本勝勝擔心母親無力承受，想繼續隱瞞，但看到患有青光眼導致視力不佳的母親，為了看清楚女兒的表情，竭力睜大雙眼的模樣，讓她心如刀割，心裡呼喚著「上人」的同時，「因緣觀」三個字隨即跳進腦海裡，她如獲法寶，不再慌亂，心想，「上人常開示，不可『以俗觀之』，要『以道觀之』。」她跪在地上告訴了母親這個噩耗：「多桑表情很安詳，像睡著了，好多慈濟師兄、師姊來為他助念，雖然我也很怨恨，但上人常說『因緣果報』，這世人多桑已經償還清了，妳身體不好，不要煩惱……」

杜鳳明白勝勝對父親的崇敬之情，沒等女兒說完，反倒安慰起她：「不會啦！妳多桑這把年紀了，這條路早慢都要走，只是想不到就這樣走了……」杜鳳和緩的語氣下隱藏著無比堅強。

談判僵持　憤恨難平

隔天，靈堂設置於文仲家，眾人聚集在此討論殯喪事宜，文雄首先憤慨地問文仲：「聽說我們要求的兩百萬賠償金及喪葬費，對方還在討價還價？」

文仲氣得站了起來，提高音量說：「早上談判時，我就對調解的中間人說，『既然他不肯，那我放兩百萬在你這裡，我也把他撞得像我爸爸一樣，你再把這兩百萬賠給他太太……』」文德不滿地附議：「賠錢只是給他一點教訓，真不知死活……如果再討價還價，我們也不要賠償金了……」

兄弟們一一撂下狠話，誓言要向對方討回一條命，這令勝勝很是擔憂，與母親費盡心思想調解這道裂痕。

這時，肇事者的太太蹙額愁眉來到靈堂，嬌小纖弱的身軀似乎替丈夫背負碩大原罪。憤恨難平的林家男丁見到她，情緒頓時被挑起，個個你一言我一語，空氣中瀰漫著即將爆炸的氣味。

「怎麼只有妳來？」

「恁尪呢？是不是不敢來？」

「對啊！敢喝酒撞死人，怎麼不敢出面負責？」

肇事者的太太啞口無言，望見穿戴一身黑的杜鳳，雙腳一彎，噗通跪了下來，止不住涕淚，用力磕頭；杜鳳隨即將她扶起，柔和地說道：「快起來，快起來，這邊椅子坐。」

杜鳳示意勝勝點香，先以威嚴眼神環視在場每個人，再以堅定口吻說：「人家都誠懇來上香了，上人說過『一切都是有因、有緣』，是你們多桑這期的世緣已盡。每個人都有良知，相信對方的心裡也不好過……」

一旁的子女聽到母親的訓示，彼此眼神交會，他們了解，歷來飽受糖尿病與青光眼折磨的母親，赴醫院看診時，身邊有父親厚實的胸膛可以倚靠。而今，父親走了，打擊最大的人當然是母親啊！而她卻能有如此寬大的氣度原諒肇事者，孩子們臉上憤怒的表情逐漸被對母親的不捨之情所取代。

肇事者的太太點頭向杜鳳致意，並對著再傳的遺照深深一鞠躬，她的雙手不再顫抖，鎮定地將線香插進香爐後，勝勝為避免再生事端，趕緊趨前送客。望著瘦小的身軀漸遠，勝勝感到鼻頭一陣酸楚，她很欣慰母親已坦然接受「因緣觀」了。

才想回頭往屋裡走，沒料到證嚴上人赫然出現在眼前。原來，上人正巧北上行腳，從錦花口中得知勝勝家中遭遇變故，特地來到靈堂弔唁。杜鳳帶領全家人恭敬頂禮，上人扶起眼睛紅腫的杜鳳，先上香再以輕柔語氣說：「聽說這兩天，妳都不吃藥，這樣他會擔心妳，妳要繼續服藥，妳心安，他的靈才會安。」

接著，上人問及是否有什麼需要慈濟幫忙的？杜鳳旋即將肇事者與子女們為了賠償金談不攏的經過稟告上人，上人以自己的弟弟在軍中遭人誤殺身亡，俗家母親傷痛之餘仍原諒對方的真實事件，慈示林家要善解，將心中的怨恨放下：「如果你們的父親大限未到，遇到強烈撞擊也不會走；因緣若盡，就是對方不肇禍，他還是會走。何況，肇事者還將他老人家送去醫院，也算是替他送終……」

大家聽到上人的開示，連連點頭，上人接著說：「要把喪事當成莊嚴的佛事、法事來辦，哭哭啼啼會使家裡充滿霉氣，讓家運衰落；要記得，不要殺生，全家人以素食來祝福老人家往生淨土，也算是善盡為人子女的孝心，知道嗎？」

放下怨懟　同行善道

上人的智慧與涵養，讓林家兄弟們心悅誠服，文仲說出他的想法：「上人都能做到這樣……再追究也沒有意義，對方提出賠償四十二萬，那就四十二萬，有誠意就好……」一家人商議後，決定將四十二萬的賠償金全數捐給慈濟，其中三十萬元以再傳的名義認捐一間病房，另外的捐作濟貧基金。

肇事者一家人深受林家寬宏大量與大愛胸襟所感動，主動提議要按月繳交功德款，成為慈濟的會員。勝勝每月前去收善款時，總會細細聆聽他們的近況，並適時傳布上人的法語，偶爾她會面帶笑容以慎重語氣提醒肇事者：「還有在喝酒嗎？我父親因為你酒駕犧牲寶貴生命，你不要讓他白白犧牲，有了這次慘痛教訓，你千萬不可再喝酒，永遠要記住喔！」

其實，還有一個人讓勝勝十分擔憂。這次兩房四十年來頭一次有所接觸，對二姊昭昭來說格外難以接受。勝勝知道昭昭並非冷酷無情，只因從有印象起，昭昭就常看到母親獨自一人偷偷哭泣，在她的腦海中，有一幕一直是她無法忘懷、無法原諒的……

有一天，杜鳳因文德高燒不退，沒錢就醫，只好在窄小昏暗的房裡來回踱步，突然，她鼓起勇氣，囑咐長女照顧弟妹後，轉身往彩雲家方向跑去。昭昭好奇地一路尾隨母親，心急之下的杜鳳並沒有發現，來到彩雲家門口，她緩下腳步，神色緊張地東張西瞧。

「喂！妳要找誰？」彩雲的弟弟撞見，警覺地問杜鳳。

「我要找林再傳。」杜鳳壓住內心的恐慌，面向門裡喊了兩聲：「傳仔！傳仔！」

「妳是誰？」彩雲的弟弟張開雙臂攔在門口。

「你不用管我是誰，你進去叫他出來！」杜鳳不客氣地說。

「妳這個查某真不客氣！我們這裡沒這個人。」

杜鳳一聽，想硬闖進屋裡找人，被彩雲的弟弟阻擋，兩人拉扯時，杜鳳重心不穩，絆了一跤撲倒在地，衣服也扯破了……這情形，昭昭看在眼裡，卻只能不服氣地緊握拳頭，母親狼狽的樣子，如影隨形地在她的腦海中，滋生出「較勁」的意味……

一回，再傳血壓偏高，住院檢查，昭昭和二房長子阿城都各自盤算將父親接回自己家中照顧，於是昭昭趁著阿城、阿鶴不在時，急忙辦出院，將父親帶回家裡。不知情的阿城夫妻隔天去探望時撲了個空，阿鶴心裡非常不滿，但阿城為了父親，還是硬拉著阿鶴來到昭昭住處，卻被昭昭魯莽地擋在門外，讓阿鶴回家時一路遷怒阿城，指責他是個爛好人。

再傳看在眼裡，苦在心裡，身體好些後他又搬回道場住，好求得一分清靜。「一家人過日子，總得要和和氣氣，家和萬事興嘛！」再傳常將這句話掛在嘴邊，他多麼期盼家人能參透此中真諦，學會諒解。勝勝不忍家人受苦，一直想解開兩家的宿怨，卻苦無機會，這次因著父親意外的因緣，勝勝集中心力盤算如何面對「乙組」？如何互動？如何調和雙方？她知道這次如果兩方再沒有和解，那將會是父親最大的遺憾。

以愛彌痕　一家團圓

這天，全家人聚集為再傳做法事。遺照前一對蠟燭閃爍著光芒，勝勝看著燭光，想起花蓮靜思精舍那一位位專注製作「不落淚蠟燭」的師父們，她靈機一動對在場的手足們說：「上人說，我們將錢捐出去的同時，也要將心中的恨給捐出去。撞死多桑的仇人，我們都有辦法原諒，反而對多桑所愛的人，我們卻一直敵對仇視，不甘願放手。」勝勝望著二姊昭昭繼續說道：「精舍的蠟燭外頭有一層薄膜包住，所以沒有燭淚，這也提醒我們要能忍辱放下，每個人心中都有一盞燈，而這盞燈是不是光明燈？只能靠自己用心去點燃……」

昭昭反覆思量勝勝所說的話後，用餐時特意坐到勝勝旁邊，語出驚人地對勝勝說：「我已經了解上人為什麼賜給我們兩姊妹的法號『靜寬』、『靜宥』，上人是要我們把心放寬，無論誰對誰錯，都要去寬恕、原諒，化解過去的恩怨。」昭昭挾起一顆菜丸子，送到嘴邊卻又緩緩放下，她低下頭幽幽地說道：「彩雲阿姨及阿城大哥都已經往生了，留下阿鶴大嫂照顧四個小孩，也真是不簡單，我再為難他們，就太不是人了……」

「上人不是說過嗎？錯了就要勇敢當眾懺悔，才是真懺悔啊！」勝勝很欣慰她想通了，再以上人的法激勵她與「乙組」互動。

昭昭抬起頭，目光正好落在牆上掛著的上人法照上，她心有所悟地應了一聲「嗯」。

幾天後，阿鶴與燕燕惴惴不安地來給再傳上香，並拿出一張支票給杜鳳，表達為人媳婦的孝心。昭昭在房內聽到阿鶴的聲音，即刻來到客廳，不等杜鳳開口，當頭就對阿鶴說：

「真歹勢！以前我實在不是人，也不會做人，真沒智慧，為了多桑上一代的事，連帶拿妳們出氣……」

阿鶴與燕燕面對這始料未及的轉變，不由得睜大眼睛，不知所措地望著昭昭；兩人互挽的手，攬得更加緊密。昭昭看出她們的不安，接著又說：「妳們不要懷疑，現在我已經是『慈濟人』，皈依證嚴上人了，上人說：『普天下沒有我不愛的人，沒有我不信任的人，也沒有我不原諒的人。』以前沒智慧，一件事放在心裡這麼久，實在真見笑……」

「我也不好，歹勢啦！過去的事就不要再說了……」阿鶴打斷昭昭的話，紅著臉說道。

阿鶴心中還是懷疑昭昭有這麼大的轉變，是不是有什麼企圖？但當杜鳳將支票退還給她，她硬是不肯收下時，昭昭又開口說：「大嫂，妳要獨力照顧四個小孩，還是收下啦！」在昭昭的真誠勸說下，阿鶴掉下眼淚，內心再也沒有任何疑惑地將支票收了下來。

事後，勝勝、文仲及昭昭邀請阿鶴一起到吉林路的慈濟臺北分會，面見證嚴上人，當來到分會門口時，勝勝對阿鶴說：「等一下我們跪著頂禮上人時，妳站著行禮就好。」

沒想到當勝勝姊弟向上人頂禮時，阿鶴也跟著跪拜頂禮，且不諱言地向上人懺悔：「本來我想，反正公公、婆婆、先生都往生了，我跟他們已經沒有親戚關係，以前他們給我好看，有機會我也要給他們好看，準備『吃清粥等恁』（臺語，吃隔夜粥等你們，意指心意堅定、走著瞧）……」

「那麼，現在那碗『清粥』可以倒掉了吧！」上人微笑地輕聲回應。

「上人，請您放心，阮甲乙兩組已經圓滿合併為總公司了，哈哈……」勝勝在一旁開懷地大笑起來。

「什麼甲組？乙組？」上人不解地問。

經勝勝說明後，上人再度慈示：「會成為一家族，每個成員都是共業，所以人人都要珍惜這分緣，圓滿這分緣，知道嗎？」

「知道！」四個人異口同聲回答。

一九八九年杜鳳過世，以前與她對立的彩雲家三兄弟，出乎意料地前來送葬，而且西裝筆挺，這令勝勝非常感動，趕緊叫喚文仲一同上前行最敬禮，當她雙膝下跪、脫口而出「阿舅——」的那一刻，她心想，「上人開示得真對，『用血洗血』，永遠洗不乾淨；唯有用清水來洗，才能將血漬清洗乾淨。」

內心積滿灰塵的結，解開後那一瞬間，伴隨而至的是可供恣意徜徉的藍天綠地。「一家人過日子，總得要和和氣氣，家和萬事興嘛！」勝勝細細回味再傳不厭其煩叮囑子女的話語，感覺床頭上那張父親抱著她的老照片，忽地由黑白轉為彩色，昭昭、文仲、阿鶴和燕燕等人一一就定位，全家人在再傳那頂黑色圓頂禮帽見證下抿嘴一笑；當下，她深深體悟到：慈悲的清水之愛，才是解開怨恨的密碼。

林月雲◎一九四二年生，育有一子，二十八歲時罹患子宮頸癌，娘家親人也相繼罹癌往生，她雖因此無法再生育，卻保住健康，自此開始茹素，接觸佛法薰習。一九九三年三月，獨子梁立群在軍中因不明原因猝死，面對無常驟臨，深信佛法的月雲，將如何面對重擊？

不再心殤

莊敏芳

一九八四年四月，花蓮慈濟醫院第二次動土興建時，林月雲全程參與開工典禮和佛七法華盛會。佛七圓滿當日，也是慈濟當月的發放日，法會即將結束前，證嚴上人以有別於平日溫柔輕軟的聲音朗讀經文，出自丹田、中氣十足的聲音，讓整個道場都被震懾住，四周靜如虛空，虔誠恭敬的氛圍令人感動。

突然誦經聲乍停，前方的經架和經典翻落地面，上人的身子微微顫了一下，險些跌倒，前排的人說：「師父的心絞痛又發作了！」常住師父快步前去攙扶，卻被上人揮袖制止。

上人挺直了身子，從容地進屋內服藥，旋又出來。緊接著，應邀前來開光的十二位法師陸續進場，上人一一迎接，並分別向與會大眾介紹。他神情鎮定，態度自然，讓人絲毫看不出他是靠著強大的意志力，硬撐著病痛的身軀。月雲目睹這一幕，感動得淚流滿面。

法華會上的懺悔

那一幕到現在仍深烙在月雲心裡，想到堅強的上人，總是令人感到不捨。她自以為懂得佛法，自以為跑遍無數道場，認識的高僧也不在少數，原本用凡夫心來看眼前這一介女尼，不過年長她幾歲而已，拜師當然要愈拜愈高明，更用男女相別，界定修行的程度。

經過了這場法會，看到上人全然無視於自身病痛的存在，一心引領大眾到佛國淨土，甚至在心絞痛發作時也面不改色，表現出大無畏的精神與毅力。

月雲了解上人遵從印順導師「為佛教，為眾生」的理念，忘卻自己羸弱的病體，為了興建醫院艱辛奔走；月雲心想，如果這樣的師父再不護持，就枉為佛弟子。她對自己的愚昧傲慢，大大地懺悔，當天即皈依證嚴上人，法號「靜曜」，從此正式加入慈濟委員行列，全心勸募建院基金。

後來她辭掉國際機場檢疫所的工作，專心為花蓮慈濟醫院募款。從小慧黠又貼心的獨子梁立群，選擇必須住校的辭修高中就讀，讓媽媽不必為他的功課和日常生活操心；念大學時，也選擇國防管理學院資訊系，他希望媽媽無後顧之憂，可以專心做慈濟事。

在他求學階段，常常看不到媽媽，日常生活全都是父兼母職的爸爸無怨無悔地陪伴。在立群考上國防管理學院後，全家人一起到花蓮靜思精舍面見上人。

上人問外型瘦高、面貌清秀的立群：「你的父母每天都忙著慈濟事，沒有時間照顧你，你有什麼感想？」立群想了一下，回答上人說：「我以父母為榮！」孩子的體貼，梁期遠夫婦笑了笑，感到很窩心。上人又對他說：「你的父母愛你，你只享有兩個人的愛而已，但他們若再去愛更多的人，所回向給你的愛是無量無邊的。」立群聽得好專心，猛點頭。

他很節儉，存了五十萬元大學的零用錢，加上結婚禮金及平日的儲蓄，分三年湊足一百萬元，捐給慈濟，成為榮譽董事，也圓滿了他的心願。

立群的生性溫順、善良，是師長、同儕間公認的大好人，在國防管理學院就讀期間，品學兼優的他，非但沒有獨生子嬌生慣養的習氣，每到考試期間，他總會先將功課準備好，在考前幫忙課業落後的同學複習。

立群曾和媽媽商量，不再為爭取第一名而費心，因為看到有人為了達

林月雲全家和樂的生活因為獨子在軍中猝死而蒙上陰影（上圖）。林月雲以愛化解仇恨，軍方代表到梁家頒發旌忠狀（左圖）。

林月雲（右）參與社區量血壓活動。

到好成績，夜裡蒙上棉被用手電筒挑燈苦讀的情景，很不忍心，他要把第一名讓出來。

畢業後，他隨身帶著呼叫器，二十四小時不關機，隨時為三軍總醫院的同事解決問題。

當無常來臨

一九九三年三月十三日，林月雲陪同剛從紐西蘭回來的志工林美子母女，一起到花蓮靜思精舍當志工。一如往常，上人親自主持志工早會，正開示要心存戒慎虔誠，因為不知是無常先到，還是明天先到？……月雲心想，上人總是苦口婆心地為弟子說法，想必是針對紐西蘭的師姊說的。

早會即將結束的前一刻，月雲接獲來自臺北家中的電話，是先生梁期遠焦慮的聲音：「妳快點回來啊！學校打電話來說，兒子出事了，同學發現立群躺在床上沒了呼吸，現在人在臺北三軍總醫院急診室，妳快點回來啊！」

怎麼可能？立群是生病嗎？還是出車禍了？應該不可能，他在國防管理學院受訓，沒有騎機車外出，怎麼會出車禍？到底是怎麼回事？月雲愈想心愈亂。

精舍的知客室中，雙手緊抓著電話的月雲，耳際迴響著先生的話：「兒子出事了！」電話筒應聲落了地，眼前一片空白，月雲不知怎麼兜起這些脫序的畫面；德如師父適時扶住渾身顫抖的她，一面安撫情緒，一面撐起失了魂的身子，走向寮房。

回到精舍中庭，見到上人迎面走來，月雲急急仆地跪在上人面前：「上人！請您救救我的孩子！立群是我唯一的孩子，我就這麼一個兒子啊！」月雲滿臉憂慮惶恐，上人彎身扶她起來，語氣平和地對她說：「一切都是因緣，妳要提起正念看待因緣，平時妳怎麼輔導別人，現在妳就要怎麼做；妳要振作起來，化小愛為大愛，視普天下的孩子，都是妳的孩子……」

上人為何不是說：「妳放心，孩子會沒事！他會平安度過的。」她渴望得到上人的祝福，而不是「一切都是因緣，妳要提起正念……」這些不祥之感，更令月雲的心情忐忑難安，隨後上人指示志工黃明月陪伴月雲一同搭乘飛機，回臺北處理善後。

飛機上，她們不斷地虔誠持誦觀世音菩薩聖號，為立群祈福祝禱。月雲心中千百次吶喊著：「祈請菩薩慈悲，憐憫我善良乖巧的兒子！祈求菩薩讓我有所感應！」她期待奇蹟出現，讓他平安沒事，哪怕就此失去生命中的一切，只要能換回兒子的性命，她都願意！

生離死別的時刻

計程車急駛到了臺北三軍總醫院，一行人下了車，就往急診室衝，月雲急切地向醫護人員追問：「梁立群人在哪裡？」

「梁立群已經在太平間！」護士冷冷地宣告立群的死訊，也擊碎月雲最後的一絲希望。一陣暈眩，月雲再也堅強不起來，雙腳癱軟跌坐在地上，決堤的淚水布滿憔悴的臉龐，她氣如游絲般，無力地對護士說：「我要看看我的兒子……」

急診室到太平間那段生死間最短的距離，對月雲而言，卻是無窮盡的遙遠。

「凡事皆有因果，我不敢怨天怨地，意外會發生在立群身上，一定是我做得不夠，否則怎麼會有這樣的事情發生？」她無法接受兒子往生的事實，千百個疑問自腦中浮出，不斷自責、精神恍惚地喃喃低語，雙腳彷若綁上千斤重的腳鐐般，沉重得提不起來。慈濟志工半拖半拉地架著月雲，一步步走向太平間。

推開象徵陰陽交界的玻璃門，迎面而來的強烈冷空氣，夾雜著濃濃的藥水味，廳堂上空無一人，顯得淒清森冷，走過長長的通道，一具覆蓋著白布的屍體，孤單地躺在不遠處的一張推床上。

她毫不遲疑地走近推床，伸手掀開白布的那一刻，像是觸電一般，月雲幾近瘋狂地號哭，像是即將脫韁的馬匹，兩旁的志工用力抓住月雲，而她奮力想掙脫眾人的手，撲向立群，但絕望吞噬掉她已耗盡氣力的軀體，情緒在此時瞬間爆發。身穿慈濟制服的月雲，頭髮鬆散，淒厲地哭喊：「立群！你怎麼捨得離開爸爸、媽媽？你怎麼可以說走就走，就這麼離開我？」緊閉雙眼，彷如熟睡，立群沉靜地躺在月雲眼前，一動也不動。

太平間冷冽肅殺的空氣，令人從心底寒了起來。月雲忽然瞥見一道光，懾住她的眼尖，立群安詳的臉龐，在冰冷的白色燈光折射下，泛出淡淡的柔光，向來孝順的他，像是聽到母親的聲聲呼喚，不捨看到母親傷心，居然微微睜開眼睛，眼角上還垂掛著一滴淚珠，閃爍著無奈的淚光。

月雲見狀，嚥下喉頭中的哽咽，定神片刻，抹去臉上的淚痕，這才驚覺自己是佛教徒，想起佛經裡說的，「不要在亡者面前哭泣，那會讓亡者難過不捨離去，會讓亡靈起執著、瞋恨心……」月雲深吸一口氣，再凝視立群一眼，伸手將兒子半睜的眼睛輕輕撫下。

很快地，月雲收拾起痛失愛子的情緒，想起上人的叮嚀——要提起正念。她低頭貼近立群耳邊，輕柔地說：「立群！你要放下，世間本來就是有來也有去，有生必有死；你的離開只不過是去換個軀殼而已，你的法身是不死的；爸爸、媽媽會照顧好自己，你不用擔心，你的媳婦碧蕙，我們會把她當成自己的女兒，所以你要萬緣放下，安心地跟著菩薩，跟著佛號聲前往西方淨土，再回到慈濟來當小菩薩，做一個能夠救人的人……」

法、理、情的考驗

許多慈濟人聞訊後接踵而來，要為立群助念。不久後，禮儀公司就在太平間的大廳布置好靈堂，陣陣佛號聲延續到太平間外的長廊，人人神情嚴肅哀戚，恭敬合十為立群虔誠助念，佛號聲清晰繚繞在立群身邊，並且向外擴散……

不久，一陣急促錯雜的腳步聲由遠而近，那是軍法局的法醫和國防管理學院的師長，以及立群的室友們。

法醫開門見山說是軍方派來釐清死因的，必須馬上進行驗屍，檢查是否有他殺、外傷或中毒等狀況，最後法醫宣布驗屍結果——立群並無外傷，是死於心臟痲痺。

梁期遠在門旁來回踱步，強忍著老來喪子的悲慟，他無法接受年僅二十九歲，向來健康良好的獨子，定期做健康檢查，怎會死於心臟痲痺？

梁期遠從兒子的室友口中得知，出事當天校方早點名時未見立群報到，待同學回寢室時，發現他早已氣絕身亡。在第一時間，校方並未指示醫官給予施救，直到七點多才將已無生息的立群送至醫院的急診室。梁期遠不能諒解軍方行事草率，隨意移動立群，破壞現場，因此時而憤慨激昂痛斥軍方代表，時而緊鎖雙眉和朋友商議著後續問題。講到激動處，平日和藹可親的梁期遠，也因憤怒激動，太陽穴旁的青筋暴突。

「梁先生、梁太太，請你們放心，我們是代表軍方來替你們作主的，有什麼疑問可以盡量說出來，有什麼條件也請提出來，若你們不相信驗屍的結果，可以要求進行解剖，來釐清是否有他殺的嫌疑。」憲兵司令部和軍法處的長官，對梁期遠夫婦說明來意。

轉化大愛的心念

解剖？對死因有幫助嗎？月雲提出可否將大體遺愛人間，作器官捐贈或大體老師之用，但全被法醫駁回，因已過了捐贈器官的時效。這時，上人的叮嚀再度閃進了月雲的腦海：「要提起正念看待因緣，化小愛為大愛。」

月雲告訴期遠，上人的弟弟在軍中遭人誤殺，上人非但沒有追究對方，還請求母親站在對方的立場來原諒他；林勝勝和林昭昭師姊的父親，在車禍中意外往生，她們也選擇原諒對方，沒有追究肇事者。

月雲覺得應該將平日上人教導的佛法，在生活中實踐，何況立群是個善良的人，不可能會有人加害他，因此決定放棄法醫的建議，不再解剖遺體，不再追究死因。

此時，太平間外，軍官和立群的袍澤個個神情惶恐又緊張，生怕因為立群的死處理不當，還得接受軍法審判。長官們焦急等待的眼神及凝重的表情，月雲不但看在眼裡，也心生不忍。她告訴期遠，站在長官們的立場來想，梁家損失兒子事小，國家痛失人才事大，培養一名軍官不易，多年來國家用了龐大的財力和心血來栽培立群；眼看立群才要開始回饋，卻在受訓時往生，是給長官添麻煩。為此月雲對長官們鞠躬道歉，為兒子在軍中猝死一事，請求長官和同學的諒解。

軍方原以為他們會像一般人一樣，為了要求賠償金而吵鬧不休，結果竟超乎意料！面對痛失獨子，月雲夫妻倆選擇不追究，軍法處黃少將看到如此的寬宏大量，忍不住感動得一再讚歎：「慈濟人真的是不一樣！」

事發當晚回到家門口時，門楣上還沒撕下的囍字，仍然諷刺地閃著金光，面對過門不到半年的媳婦，也只能感嘆造化弄人。

兒子的死既成事實，月雲決定以他的名義捐款一百二十萬元，成立梁立群紀念獎學金，並將他生前最愛的魔音琴及所有樂器、藏書一併捐出，成立音樂社，遺愛人間。同時月雲也鼓勵乖巧孝順的媳婦碧蕙，有朝一日遇到理想的對象時，要把握住好姻緣，屆時會把她當作女兒，風風光光地嫁出去。

頭七隔天一早，面帶睡意的期遠，快步爬上頂樓，急切敲著月雲的房門，還抓住她的雙手，帶著茫然空洞的眼神追問：「孩子到哪兒去了？什麼是不生不滅？」

月雲陪同期遠走回客廳，在陳列上千本藏書的書櫃中，隨意抽出一本封面印有觀世音菩薩結跏趺坐像的《心經》，突然一張書籤自詮釋「不生不滅」的書頁中滑落出來，月雲彎下腰拾起，和期遠仔細端詳著這張書籤。溫暖的米黃色金光中，西方三聖及諸菩薩，駕著祥雲自西方極樂淨土冉冉而降，接引雙手合十，盤趺蓮座上的亡靈，書籤右上方題道：「上品中生。」下方有闕偈言：「西方好景絕塵埃，煙霧重重卻又開，若見人我關係處，一花一葉一如來。」

當下月雲和期遠四目對望，這張書籤巧妙地打開期遠的心結……

用愛扭轉仇恨

一九九〇年代，電視媒體上經常出現各種示威遊行活動，如撒冥紙、拉布條、抬棺抗議等社會現象，所以當梁立群事件因父母的睿智與善解，而得到圓滿的結果，深令軍方感動，認為慈濟人「用愛化解仇恨」的精神，足以成為楷模，應該讓更多人了解，有助於改善社會不良風氣，於是將梁立群的事蹟拍成影片，在軍方電視節目「莒光園地」中播出。

此外，軍方將此事蹟向上呈報總統表揚，四位將軍奉總統之命，到梁家頒發旌忠狀，並有意替立群成立治喪委員會，舉辦隆重的告別式。月雲希望藉著孩子的因緣，給社會一些啟示和教化的作用，因此才將簡單的喪禮，改成莊嚴隆重的告別式。

告別式當天，九位將軍率領近千位國軍弟兄蒞臨致意，社會各界代表和立群的同學、同事，以及從全球歸來的慈濟人，多達兩千人到場，讓這場告別式更顯哀榮。司儀目睹前來弔唁這位年輕軍官的賓眾，跨越軍方與民間，每個人臉上盡是誠懇與哀傷，感動之餘，也將當天主持告別式的禮金悉數捐出。

短短一個月裡，原本體型壯碩高大的梁期遠，受不了愛子驟逝的打擊，接連出現急性胃炎、胃痙攣等病症，加上連續失眠，竟消瘦了將近十公斤，一下子蒼老不少。

這樁心之痛，讓他覺得活著失去意義，雖口說不再責怪軍方，放棄追究，但依舊未能完全釋懷。

月雲看著老伴陷入身心煎熬的痛苦，每天一早總會貼心地念一段《靜思語》，引導他釋出悲情，朝正向的思惟；再經朋友的開導，梁期遠漸漸不再執著兒子是「我的」，於是選擇當志工，嘗試轉移生活重心。

由於他對美食、烹飪很在行，於是證嚴上人鼓勵他協助香積工作，用做慈濟事來移轉心情，並要他化小愛為大愛，視身邊的小孩為自己的小孩。從一九九四年暑假開始，期遠參加靜思精舍舉辦的營隊，承擔生活組的工作；因暑期營隊大多是親子營，逐漸有了梁爸和梁媽的稱號出現。

梁期遠累積多次香積經驗，逐漸建立口碑，從製作可口素食料理中，產生興趣和信心，繼而在永和聯絡處開辦烹飪課，在海山聯絡處、土城社區還開了書法課。當志工的日子讓他遠離悲傷，終於走出喪子之痛。

此後一連多年的寒暑假，梁期遠幾乎長駐花蓮，承擔營隊生活組或香積組的工作。直到近年來覺得年紀大，做不動了，無法再接香積的勤務。但此後每年除夕，月雲和他都會回到花蓮，與上人及慈濟志工圍爐過年。

這段時間，慈悲的上人不只一次打電話安慰、鼓勵月雲，當上人到臺北時，甚至還會親臨梁家探視。

除此，海外回來的慈濟人也常特地到梁家探視安慰；不管哪裡有共修，都會特別回向給立群；立群的同學與同事，從各地不斷來關懷，讓月雲夫婦感受到溫暖的人間大愛。

月雲不捨身邊的法親陪著她傷心難過，雖然治喪期間諸事繁瑣，沖淡了她對立群的不捨和思念，但刻骨銘心的痛，在忙完喪事後隨之而來，所以她在極短的時間內復出，投身當志工，也藉此轉移注意力，強迫自己走出死胡同。

她更認真承擔起慈濟護專和醫學院的懿德媽媽職務，每個月固定到學校關懷學生，傳遞慈濟的人文精神，用愛關懷與陪伴，儼然是學生的另一個媽媽。

迎向陽光 不再心殤

在立群往生後，月雲離開了充滿傷心回憶的中和住所，搬遷到土城的市中心。住家位於十三樓，樸實無華的柚木中式裝潢，典雅的布置，處處凸顯出主人的品味。潔淨的佛堂旁，梁期遠俊秀的書法題著：「順境善緣不起歡喜心，逆境惡緣不起瞋恚心。」這兩句話道盡夫妻倆歷經兒子生死路的心情，一切緣起緣滅，因緣果報自有定數。

月雲坐在客廳，核對著勸募本上一筆一筆的資料。客廳沙發上方，那幀記錄著立群事蹟的旌忠狀，還有玻璃櫥窗內陳設的績效優異獎狀、感謝狀、榮董證，以及逢年過節的各式祝福卡片，一個個故事記載著這家人的生命軌跡和意義，彷佛立群每天仍在屋裡進進出出，到處都是他所留下的足跡，日夜陪伴著深愛他的家人。

每年的三月十三日，立群逝世紀念日當天，月雲都會替兒子捐出三萬一千三百元，持續用行善和愛來紀念他。在立群往生後第四年的四月十九日，國防管理學院特地為他舉辦一場盛大的紀念音樂會，不僅追念立群生前的事蹟，也感謝梁家能在兒子過世後遺愛人間，化小愛為大愛。

現在月雲夫妻倆仍常主動關懷國防管理學院的學生，他們也鼓勵校方成立慈青社，宣導骨髓捐贈、孝親倫理等觀念。然而讓月雲感動的是，兒子已經往生多年，大家仍舊沒有忘記他，在五指山軍人公墓的墳前，常常擺著鮮花素果；逢年過節，軍方長官、同學們也會來關懷他們。月雲把兒子的往生，當成是他出國留學一樣，期待他學成歸來，再回到慈濟世界當人間菩薩。

貼心的「女兒」碧蕙，不忍兩老失去立群後，每天過著孤單寂寞的日子，堅持陪伴他們，直到七年後，才再婚。體貼的碧蕙想就近照顧兩老，婚後的新居仍選在同棟大樓裡，方便關照陪伴；可愛的孫女就讀附近幼稚園，每天爺爺長、奶奶短的，逗得兩老樂不可支。

而深受月雲影響的碧蕙，也在二〇〇八年底受證成為慈濟委員。月雲不但在立群往生後獲得貼心的女兒、女婿、孫女，這樣的天倫之樂，也應是立群所樂見的，更印證佛經所云，「不增不減」的道理。

立群的驟逝，讓月雲有了新的體悟，也了解到人生的苦，一切都是因緣生、因緣滅，生命存在於呼吸之間，一口氣上不來，就劃下了休止符。把握能付出的時候盡力付出，才是最有價值的人生。

初秋的清晨，陽光穿過紗窗照亮了客廳，原木地板上呈現一片金黃，月雲坐著小板凳，倚在陽臺邊上，用手扶了扶老花眼鏡，細細欣賞期遠剛出爐的《靜思語》卡片。多年來，梁期遠已養成清晨三點起床練習書法的習慣，將毛筆書寫的《靜思語》搭配珍藏的郵票，製成與眾不同的靜思卡片與人結緣。

「梁爸！等一下去臺北分院要送靜思卡，你準備好了吧！中秋節快到了，我們來做些點心，送給女兒們（意指慈濟醫院臺北分院的護理人員）。」志工打電話來說。

「梁媽！都準備好了，出發囉！」

「順境善緣不起歡喜心，逆境惡緣不起瞋恚心。」一陣秋風揚起，落地窗前響起陣陣悅耳的風鈴聲，風鈴下，那張期遠親題的《靜思語》卡片，正閃耀著光彩，隨風起舞。

張美瑛 ◎一九五五年生，臺北市人。一九七八年與謝煥儒結婚，二○○三年參加慈濟教聯會教師培訓，隔年參加慈濟委員培訓，二○○五年受證，法號明亭。人生最大的考驗在她剛從教職退休，全心投入慈濟志業的當下，無聲無息地造訪，讓她幾乎站不穩……

破繭的力量

蔡慧珠

美瑛幾乎是癱了！

從花蓮趕回臺北的這一路上，所有的情緒、感覺、一切的言語、文字幾乎都失去作用。計程車門一打開，雙腳落了地，「急診室」三個斗大的字格外刺眼地橫在眼前，「砰！」關車門的聲音在身後響起，她才如夢初醒地看到門口站著幾位神情焦急的慈濟志工。美瑛深深吸了口氣，朝著急診室裡那個難以想像的「現實」走去。

死亡，她並不是沒見過、沒想過，只是一晃眼，那已是四十多年前的往事了……

苦澀的童年

還在睡夢中的美瑛，隱約聽見姊姊對她說：「妹妹，快起來呀！要出門去了！」

「噓！別叫她，我們要去的地方不方便帶太多小孩。」接著是媽媽小聲地說話。

睜開眼睛後，美瑛繼續躺在床上看天花板，心裡想著媽媽的話，「媽媽和阿爸去找人幫忙研究新產品的技術，帶太多小孩會吵到別人，妳乖乖和阿嬤在家。」

「可是，為什麼每一次都留下我？我是多出來的嗎？那我是不是消失比較好？」幾次探到舌尖的話，美瑛都不敢說出口。

那一陣子家裡的經濟狀況不好，爸爸的事業一夕之間垮了。他身邊兩位信任的親友，將財務掏空後不知去向，沒有資金可運作的工廠面臨倒閉，這突來的意外讓爸媽不知所措，接踵而來的便是不斷上門要債的人。

這些債主裡面有不少是親朋好友。有一天，一位遠房的親戚，背著小嬰兒來到家裡拜託爸爸還錢，她啞著嗓子說：「大哥，我先生剛過世，孩子還小，需要用錢，生活真的過不下去了！」

「失禮！真失禮，我不是故意的……」看著打躬作揖頻頻道歉的爸爸說了好多句「失禮！」美瑛看到他臉上悄悄淌下淚水，再看著阿姨苦著臉轉身離去的背影，她滿是疑惑，「為什麼要活得這麼辛苦？」「為什麼……」

同樣是受害者的爸爸，面對債主時，心裡的愧疚就像眼角的皺紋，層層疊疊地揪在一起。他無能為力的困窘，全寫在日夜為錢奔波而飽受風霜的臉龐。

這時，全家人不得不寄宿在永和大伯父家後面的一個房間。爸爸和媽媽為東山再起而日夜辛勤奔忙；兩個姊姊、兩個哥哥也各自上學去了，留下美瑛獨自守著空空蕩蕩的房子。

小美瑛只能天天在門廊前徘徊，無聊地數著地板的方格子，或是撐著下巴坐在矮凳上，孤單地看著日光投射在玻璃上產生的光影發呆。

一陣腳步聲出現在她面前。「美瑛！來，這些飯菜給妳吃！」她抬起頭看著阿嬤，再看看軟綿綿攤在阿嬤手掌心的衛生紙，裡面包著從伯父家偷偷帶出來的飯菜，心中隱忍的酸楚像是牆角醃製酸菜的甕，蓋子一掀開，那股酸味就再也藏不住，她感覺眼角濕濕的。寄人籬下的日子對她來說，滿是委屈和孤單，而每一次「沒人要」的感覺朝她襲來時，就會加深那抹想要消失的無助感。

先生的意外往生，對張美瑛的幸福家庭是極大的考驗。

張美瑛參與慈濟四十二週年靜態展，接待幼稚園學生（上圖）。2008年於萬華西園會所，大理高中的學生感恩張美瑛分享她的生命故事（右圖）。

看見死亡的陰影

幸好不久後，美瑛踏上人生另一個學習的階段——學校。書本拓展了她的新視野，灰暗、苦澀且孤單的童年，以及債主上門求償的記憶，隨著時間漸漸褪了顏色，她生命的色彩豐富了起來。

然而，人生的轉角處永遠無法得知會遇見什麼，美瑛壓根兒沒想過一句常見的佛號「觀世音菩薩」會成為日後洗滌「心苦」的良方。

那是一個普通得不能再普通的日子，美瑛如往常一般上學，電線桿上漆了幾個大紅字「常念觀世音菩薩　消除業障」，吸引了她的目光，她停下來凝視了好一會兒，在心裡默念了幾次，想起家中香案上供奉的觀世音菩薩，從此「觀世音菩薩」住進了她的心裡，一句句「觀世音菩薩」讓她感覺既舒坦又平靜。

有一年的春天，美瑛一家人搬進伯父家的二樓，那是剛買的新房子，樓下是伯父囤積貨物的倉庫。

那一年，也是美瑛第一次看見死亡帶來的傷痛，住在對面的大哥哥與女友到碧潭划船，不幸發生溺水意外。舉行喪禮的那個早上，似乎連空氣也因為傷心而凝結了，失去孩子的母親頭髮斑白，晚年喪子的悲慟，宛如千斤錘，壓得她背駝了，腰彎了，腳步也蹣跚了！

當她決定要跟兒子告別時，用微微顫抖的手，拿起枴杖敲著棺木，哭喊著：「你這個不孝子，讓我這個白髮人送黑髮人！」一說完，人也突然暈了過去，現場隨之一片混亂。

美瑛靜靜地站在騎樓，把一切都看得清清楚楚，心想：「大哥哥走了，他的媽媽這麼傷心！如果我也因為心中有傷痛，而以死來解脫，媽媽就會像那位婆婆一樣可憐。爸爸、媽媽為了維持家計已經夠苦了，我可以再把我的苦留給他們嗎？」

這一年，美瑛才九歲，但是想讓自己生命消失的念頭，卻已在心裡縈繞、盤桓好些時日了。

夏日的午後天氣很悶熱，鄰居夫妻間一陣爭執後的哭鬧聲，刺耳地劃破寂靜的巷弄，隔日便傳來妻子自殺身亡的消息。

婦人娘家對女兒的死因有疑慮，便提出驗屍的要求，但是，驗屍要在哪裡進行呢？

沒想到驗屍地點就在美瑛家的騎樓。面對家人的疑惑，阿嬤說：「同樣是出外人，有困難咱們應該要幫忙。」

美瑛不敢看驗屍解剖過程，只從鄰居的議論中得知，這位留下一對稚子的母親，是因一時情緒失控而自殺的。

這兩件悲苦的意外，讓她體悟到，死亡不僅得不到解脫，更會留給身邊的人莫大的傷痛。但是活下來以後，人生的意義到底在哪裡？她腦海裡存著另一個問號。

找到關愛

有一天，美瑛在家裡發現了一本哥哥讀過的教學用參考書，她隨手翻了翻，「哇！裡面說的，怎麼跟老師上課講的都一樣，這本書好厲害啊！」她自言自語，也認真讀了起來。

這本書改變了美瑛，她的成績從原來的倒數，進步到前三名，課堂上老師提的問題，美瑛總能對答如流。功課好又乖巧，更從老師的肯定中找到關愛和自信，她不再無所事事，讀書變成是一件有趣的事。每天放學回家，她模仿老師用粉筆在玻璃上寫字，父親注意到她的舉動，一個月後，送給她一塊黑板。這塊黑板便一路陪伴著美瑛度過小學、中學生涯。

大一那年，經同學介紹，她認識了就讀植物病蟲害防治學系的學長謝煥儒。兩人同屬於學校的登山社，經常一起登山。同學悄悄告訴她：「謝煥儒很優秀也很認真，教授很喜歡他。」同學的讚許加深她對謝煥儒的好感。

有一次，兩人在閒聊，謝煥儒說，他曾經因為身上的錢不夠，為了節省車資，靠著雙腳自臺北走回中壢的老家，從大清早走到夕陽西下，一整天下來，只靠兩個饅頭填飽肚子。他的儉樸行為讓美瑛既訝異又感動。

煥儒的節儉、勤學和重視家庭的觀念，美瑛都看在眼裡，她想起同學的建議：「如果妳想找對象要趁現在，一旦畢了業，所有臺大的學生散居各地，要找這樣優秀的人才當伴侶，可就不容易了！」

小女人的婚姻生活

煥儒的身材不高、家境清貧，這些都不是問題，美瑛覺得他足以託付終身。大學畢業後的第二年，兩人成為了一家人。

做個傳統相夫教子的小女人，是美瑛對自己的期許。先生任職臺北林業試驗所，從事研究工作，自己則前往羅東擔任教職。女兒出生後，先生希望由住在中壢老家的媽媽來照顧，美瑛也順從先生的意思，考進了位於中壢的陸軍士官學校擔任文職教師，就近住在中壢老家陪伴女兒。

分居兩地的夫妻，平常雖然各自忙碌，但每逢假日，他都會帶著嬰兒食品回來與家人團聚。

隨著時光流逝，他們有了兩個可愛的女兒。美瑛白天教書，晚上要趕回家帶孩子，漸漸地，體力有點吃不消，接著，不舒服、不愉快的感覺，像一株株冒出頭的豆芽，爭先恐後地在心底滋長。

由於老家的樓梯又陡又窄，剛學會走路的大女兒，每次都在險象環生中爬上爬下；而美瑛抱著小嬰兒上下樓梯，也愈來愈顯吃力。同事知道她的困擾，好意相勸：「妳先生不是已經分配到宿舍了嗎？怎麼不接妳回去，還把宿舍分租給其他女同事呢？這樣不太好吧！」

對於同事的提醒，她極力為先生辯解，那些辯解不但是說給同事聽，也是在說服自己。但日子久了，這話題一再被重複提起，心裡不免也納悶起來。美瑛一向深受阿嬤的影響，一切以先生為重，她從來不曾對先生將房子分租給女同事的事情有所懷疑。儘管如此，她的脾氣卻越來越暴躁，對小孩無緣無故地發脾氣，對身邊的事物常看不順眼……

夫妻分居兩地四年來，讓美瑛身心俱疲，想要搬回臺北的事又遲遲沒有結果，諸多揣測、猜忌埋下的「苦」在心裡不斷發酵。這樣內外煎熬的婚姻，她快過不下去了。有一天鐵了心，美瑛拿起電話告訴煥儒：「你有兩個選擇，一個是讓我搬回臺北，一個是離婚。」

女兒的病苦

一家人終於在一九八六年在臺北團聚，美瑛好高興，以為生活會有全新的風貌。沒想到臺北氣候潮濕，二女兒對環境不適應，潛在的過敏體質誘發異位性皮膚炎，尤其是關節部位長出奇癢無比的紅疹，夜夜哭鬧不休；多次到醫院就診，病情也不見好轉。

美瑛幾乎每晚都無法闔眼，必須守在床邊輕輕撫著女兒的背，安撫她的情緒，天亮以後，又要趕往學校上班。「妳要不要試試看念佛啊？」同事關心地提出建議，「念佛？」驚醒了她記憶裡的片段，那是小時候寫在電線桿上的大紅字「常念觀世音菩薩 消除業障」。「我怎麼都沒想到呢？」她怪自己後知後覺。

那一天，她拿出佛教音樂的錄音帶，讓自己和女兒沉浸在美妙的樂曲中，那輕柔似水般的梵音，安撫了煩燥不安的心，慢慢地，女兒可以入睡了，也不再整夜啼哭，佛法又回到她的生活中。

鬆了一口氣的美瑛，緊皺的眉頭終於舒展開來，她這時才發覺，原來對佛法的仰慕之情，一直深藏在心底。她開始熱衷參加道場的法會，喜歡讓自己的身心置於梵唱莊嚴的氛圍裡。雖然女兒的病情時好時壞，但是有佛法的洗滌，美瑛的心慢慢平靜了下來，也似乎不那麼苦了！

她不苦了，卻苦了先生謝煥儒。為了趕道場的「晚課」，美瑛經常不在家。當時煥儒已轉任臺灣大學植物病蟲害學系的教職，潛心於研究工作的他，經常留在自己的實驗室。

一天，美瑛做完晚課回到家，煥儒見到她，一言不發地轉頭走回書房，「砰！」的一聲，關上了房門。因為煥儒以科學的角度看待美瑛熱衷參與宗教活動，他不喜歡，也不能接受。

與慈濟結緣

一九九五年秋天，美瑛轉往北投國中任教，隔年一個即將下課的週末下午，學校的音樂老師邀她：「要不要跟我一起去建泰廣場？」那是一場慈濟教師聯誼會的活動。

在那裡，她看到穿著深藍色旗袍的慈濟志工，莊嚴又優雅，尤其親切的笑容襯著古色古香的陳設，加上優美的手語表演，美瑛深深陶醉在這寧靜安詳的氛圍裡。

其間，她聽到一位志工分享：先生事業成功，喜愛打高爾夫球，她常有被冷落的感覺，甚至因為忍受不了被漠視的痛苦，而以激烈的手段抗爭。結果非但沒有解決事情，反而衍生更多的家庭問題，幸好及時得到證嚴上人的開示，學會「縮小自己」，才讓家庭生活得以圓滿。

聽完這位志工的分享，美瑛搖了搖頭，因為她正想要改變以前當傳統小女人的思維，轉為迎向新時代女性尋找自我的價值，所以，她並不認同這個說法，況且她認為所謂「縮小自己」就是凡事要委曲求全，因此，當下她並沒有積極投入教聯會的工作。

同年，她轉調至大理國中，下學期開學後不久，再應教聯會的邀約，參加花蓮靜思精舍尋根之旅。她對證嚴上人的呼籲：「用鼓掌的雙手做環保」極為贊同，而且這和她在學校擔任的衛生環境工作不謀而合。回學校後，她不僅帶著學生掃街做環保，也將慈濟的《靜思語》帶入校園，雖然沒有加入慈濟志工的培訓行列，但她把握每一次參與活動的機會。

兒子入小學的前一年，參加慈濟的親子成長班，看著同樣擔任教職的教聯會志工，忙進忙出為學員服務，態度誠懇又親切，美瑛很感動。不久，在志工的邀請下，她也成為親子成長班的工作人員。此後，在《靜思語》及慈濟人文的薰陶下，美瑛終於找到了人生的方向與價值，而且愈做愈歡喜。

噩耗

美瑛從來沒想到，人生最大的考驗會在剛從教職退休，準備全心投入慈濟志業的當下，無聲無息地造訪。

每年暑假，她都會承擔慈濟在花蓮舉辦的暑期教師研習營隊的勤務。二〇〇七年七月二十三日早上九點多，花蓮的天空萬里無雲，豔陽高照，美瑛正跟著志工們為營隊學員的午齋忙碌著。

「鈴——」口袋裡的手機響起，她放下抹布，兩手在圍裙上擦了擦，才「喂」了一聲，就聽到二女兒急促的聲音：「媽媽！臺大校方來電通知爸爸病危急救中……」美瑛聽出女兒的不安，便安慰她：「妹妹別急，媽媽問問看。」

她心裡有些遲疑，怎麼可能呢？腦海裡迅速閃過前幾天的情形：她告訴煥儒，要到花蓮當志工，當時他還不太高興地小小抗議了一下。突然另一個想法蹦了進來：「會不會是詐騙電話？」

為了慎重起見，美瑛撥了大哥家的電話，請他幫忙求證。五分鐘後，手機鈴聲再度響起，大哥證實了先生正在急診室的消息。她連忙通知女兒趕去醫院看爸爸，又請小姑聯繫大伯和小叔。

美瑛心想，明天營隊就要圓緣了，煥儒可能是在赴學校授課的途中出了意外，情況應該不太要緊，還是先將營隊的工作做好再回去……大哥的電話又來了：「煥儒的情況很嚴重，妳要快點回來！」

她心急如焚地在機場等候飛機。手機裡傳來小姑哽咽的聲音：「二嫂，醫院說急救可能無效，問我們是否要放棄？我已經替妳做了『放棄』

的決定，妳千萬別怨我啊！」

美瑛的腦門「轟」地一聲，腦子瞬間一片空白，停了幾秒，想起多年前煥儒意外從樹上摔下來，腦部受傷住院時對她說過的話。

「妳二哥曾經說過：『如果有一天，我的生命無法挽救了，必要時請維護生命的尊嚴，不要做無謂的急救。』」美瑛怕小姑自責，順口安慰她。

車子快速抵達急診室門口，美瑛下了車，看見一閃一閃的急救霓虹燈下焦急等候的慈濟志工……她氣若游絲地對身邊的人說：「我現在才明白，原來俗話說的『手軟、腳軟』就是這樣。」

最愛真的走了

當她人還在花蓮的時候，因空間與距離的阻隔，美瑛心中的悲傷有種不真實的感覺，但是當踏進三軍總醫院急診室，看到兒女、助念的慈濟志工，看到往生被底下直挺挺躺著的煥儒，蒼白的身體、頭凹了一個缺口、眼眶瘀血成紫黑色——她的感覺與現實連上了線……

「是真的！這件事是真的！不是詐騙集團開的玩笑，煥儒真的走了！連最後一面都來不及見。」美瑛又一次見到死亡撼動生命的力道，只是這一次靠得更近、更殘忍，那是她的最愛啊！

「怎麼會這樣？」

「不知道。」

「命運帶來的無常從沒有給過答案，不是嗎？」

儘管在心裡問過千萬遍，仍尋不到答案。她只知道，這突如其來的重擊，讓她差一點站不住腳……

她深深吸一口氣，強忍著不讓眼淚掉下來，再緩緩低下頭，靠近煥儒的耳邊說：「煥儒！對不起！慈濟世界這麼美好，佛法這麼好，我卻沒有早一點接引你進來……」面對生離死別，身材瘦小的美瑛，勇敢得像個巨人。

事情怎麼發生的？根據媒體報導，謝煥儒和平常一樣，騎著腳踏車要到臺灣大學授課，經過河濱公園的步道，遇上了才假釋出獄沒幾天，在公園遊蕩的更生人；他一見煥儒，突然持起木棍就是一陣瘋狂毆打。一介書生的煥儒遭受這樣的暴力，怎麼受得了，他連吵架都不會啊！

美瑛擔心先生帶著瞋恨心離開人世，再度掀開往生被，貼近先生的耳朵說：「上人一再告訴我們，原諒別人就是善待自己。你要原諒加害你的人，放下才能自在，我也會告訴孩子們要放下仇恨。」

二女兒靠近美瑛，哭喊著說：「媽，這種人不值得原諒，我們為什麼要原諒他？」美瑛一隻手摟著女兒，一隻手輕拍她的肩膀。這一幕讓許多人紅了眼眶，可是，美瑛連傷心掉眼淚的時間都沒有，堅強是她唯一能想得到的，這突發的變故要接受不容易，但她就是得一肩扛下，尤其在這個關卡，家人都需要她，她相信自己可以說服孩子的。

讓傷痛找到出口

事隔兩天後的晚上，美瑛意外地接到一通自稱是教聯會張玉岑老師的電話，她要和美瑛分享一段發生在四十五年前的往事。

「四十五年前，我爸爸就是被人活活打死的，當時家裡決定要告到底，希望為爸爸找回公道，也為活著的人出一口怨氣，沒想到官司纏訟十多年。後來，司法是伸張了正義，但怨氣卻在家人的心底糾葛了四十五年。」張老師停了一下，再以感傷的口氣說：

「如今相同的事發生在妳身上，我從電視上看到妳選擇原諒的畫面，我百感交集地告訴媽媽，如果當年我們也選擇原諒，今天的結果就不一樣了！當年，媽媽要維持生計，又要忙著打官司，孩子們只能自己處理情緒的問題。我的家人因為苦悶，多年來都睡不好覺，雖然吃了十幾年的藥，卻仍然找不到哀慟的出口。這麼多年了，那個加害爸爸的人早已減刑出獄，但這分悲、恨、痛，還揪在我們心上，我建議媽媽是否應該像妳一樣也原諒對方。於是我們以一種特別的心理諮商方式，全家人圍坐在一起，中間空出一張椅子，想像當年那個加害人來到家裡，就坐在中間那張椅子上，讓時空回到四十五年前爸爸遇害那一天的情境。每個人都對著空椅子說：『我們原諒你，我們原諒你！』剎那間大家抱在一起盡情地大哭一場，淚水洗滌了多年的傷痛，『原諒』這一帖良方將負面情緒釋放了，心裡的石頭放下了，心就開了，天也就藍了。」

她默默地聽完張老師的故事，點點頭輕聲說：「是啊！原諒別人就是善待自己……」

美瑛放下電話聽筒，不覺想起，四十多年前，七、八歲的自己，無法理解人世間的悲苦和偶然的意外帶來的鬱悶，一度讓自殺的陰影像蛹繭般一絲一絲將自己困住。幸好這些年來，不斷地浸潤在證嚴上人的法水甘露中，如今面對傷害先生的更生人，才了解怨恨是無濟於事的，唯有原諒與憐憫能化解仇怨，讓自己得到輕安自在。

生死皆自在

美瑛的處理方式，有人認同，也有人反對，但無論如何，只有她和孩子最清楚，未來的日子還是要過下去，與其選擇「仇恨」倒不如「放下」，因為再多的恨也換不回煥儒。

一個多月後，煥儒的一箱箱遺物從研究室搬回來，堆滿一整個客廳。美瑛看著這些書籍，益發睹物思人，忽然茶几上一本書吸引了她的視線，她順手拿起來翻了翻，兩行淚珠便滑了下來。這本書她並不陌生，幾個月前才認真地讀過，三個月前，因為公公往生，全家人首度面臨失去親人的痛，美瑛擔心家人的情緒無法紓解，特地請購了《生死皆自在》這本書，沒想到三個月後，煥儒竟也悄然離去！

淚眼迷濛中，美瑛看到書裡上人的開示：「親人走了就像是風箏斷了線，應該放手讓他自由飛翔，愈是不捨愈拉扯，他會愈痛苦，我們自己也會痛苦。」

美瑛抬起頭，仔細地看著掛在客廳牆上煥儒的遺照，大大的黑框眼鏡仍然端架在鼻樑上，安詳的神情中泛著一抹淡淡的微笑。「煥儒，我和孩子們都很好，你放心吧！」她對著照片說話，眼睛紅腫、聲音沙啞。

〈輯二〉

難捨能捨

鄭玶安 ◎一九五二年出生在南臺灣的一個小鄉村。在獻身公益的雙親濡染下，玶安姊妹分別在不同的道場當志工，尤其小弟阿智為了守護警力不足的家鄉，與志同道合的鄰里鄉親成立「守望相助」組織，出錢出力，白天、黑夜輪流巡守於鄉間小道、偏僻農舍，甚至協助交通疏導、急難救助。不料，在一次佛祖遶境活動中，竟將自己推向腥風血雨的境地……

遶境

鄭善意

一九九六年八月，賀伯颱風來襲，全臺各地豪雨不斷。一早，阿智一個人坐在客廳的沙發上，眼睛直直望著玻璃門外，像要穿透那密得令人透不過氣的雨簾似的，開著的電視螢幕上，突然出現一處海邊，「轟——轟——」滔天巨浪打上石岸的聲響，將阿智的目光拉回到電視機前，明顯的焦慮爬滿他略長的臉上。

「這麼大的雨，整整下了大半夜，再這樣下去，不知又要造成什麼災難……」阿智正憂心忡忡時，聽到電視新聞播報：「由於連夜大雨，北部地區多處淹水……」他立刻想到大姊夫與兩個姪兒都在臺北工作或就學，大姊玶安一個人守著家，萬一淹水怎麼辦？阿智迅速拿起話筒，撥了中壢的電話號碼，「喂，大姊，妳那兒沒事吧？」

「我才想打電話給你，你就先打來了，我這兒沒事。」

「大姊，您有話跟我說嗎？」

「沒事，只是想提醒你，今天若有任務要出門，一定要注意安全，風強雨驟的，挺嚇人的呢！」

「放心啦！我會照顧好自己，這種天氣，妳千萬不要一個人出去喔！」知道大姊安好，阿智放心地擱下話筒，只是，當他的視線回到門外厚重的雨簾，心又沉了下來……

守望相助

「鈴——」桌上的電話又響了起來，這已經是早上的第六通電話了，前五通都是「守望相助」的弟兄擔心發生災情打來的。阿智起身走近電話機，拿起話筒，電話那端傳來寶仔焦慮的聲音。

「理事長，你看這雨這麼大，電視報導北部有很多地方都淹大水、南投有土石流……我們這裡應該不會有問題吧？」

「希望佛祖保佑，大家都平安。」阿智嘴裡雖然這麼說，心裡卻忐忑不安。

「對啦！最好沒事，萬一有什麼事，記得要通知我喔！我們的弟兄大多在家待命。」寶仔叮嚀著。

輕輕放下話筒，阿智心裡充滿溫暖，也充滿感激，當初因為有這一群願意付出的好弟兄，「內門鄉守望相助協會」才得以順利成立。

內門是南臺灣一個群山環峙的小鄉村，年輕人口大多外出工作，留在家裡的不是老人家就是小孩子，加上警力不足，小偷愈來愈猖獗，白天明目張膽開著大卡車，趁著沒人在家，將農家好不容易養大的肥豬，成群趕上車載走；甚至挨家挨戶敲門，有人在，就隨便扯個人名，然後說：「歹勢，找錯家。」

若沒人在，就大肆翻箱倒櫃，把值錢的東西搜刮一空……阿智和他的好朋友們，談起此事都非常氣憤，便商議成立「守望相助協會」保護自己的家鄉。

一九九三年，中秋過後，在二十多位鄉村青壯年有志一同的結合下，「守望相助協會」的雛形初見，辦公室就設在阿智家，並以「戰車小組」為代號，期許成員有「戰車」的勇猛、堅毅。他們出錢出力，白天、黑夜輪流巡守於社區、鄉間小路及偏僻農舍，甚至協助車禍現場的交通疏導、急難救助……

有一副好歌喉的阿智，在守望相助週年慶的場合盡情高歌。

坪安(右二)與阿智(中)姊弟手足情深，從小就無話不談，貼心的阿智常照顧行動不便的坪安（上圖）。阿智為了守護警力不足的家鄉，推動成立「內門鄉守望相助協會」，被推選為首任理事長（右圖）。

經過兩年多的努力，「守望相助」的成員快速成長，鄉里宵小也日漸絕跡，普遍受到鄉親的肯定。在當地鄉長、士紳及旗山分局的協助下，「內門鄉守望相助協會」於一九九六年七月獲高雄縣政府社會局核准，成為全縣第二個守望相助協會，隊員近百人，阿智被推選為首任理事長。

「鈴——」電話鈴聲再次響起，喚醒沉思中的阿智。

「阿智嗎？我是鄭所長，楠梓仙溪溪水暴漲，一對老夫婦受困，情況相當危急，你趕快請弟兄們過來幫忙救人……」

當時杉林分駐所鄭所長剛從內門分駐所調任，他對內門鄉守望相助協會的機動性十分瞭解，便不假思索地電請阿智協助。

不到半小時，阿智與弟兄約五十餘人分乘大小車輛，攜帶各項救難器材抵達現場，展開救援行動。

雨淅淅瀝瀝地下著，湍急的河面，黃水滔滔，直叫人膽戰心驚，好不容易架好鋼索，沙洲上老夫婦的處境也愈來愈危急，寶仔自願要跟隨阿雄到沙洲上救人。

「寶仔，小心抓緊鋼索，別怕……」阿智一邊在寶仔腰部緊緊繫上繩索，一邊為他加油打氣，還不時抬起肩肘抹去臉上的雨水。寶仔點點頭，戴上棉質手套，轉身面對還在不斷高漲且急速奔騰的濁黃溪流，毫不猶豫地抓緊鋼索吊環往對岸滑過去……

眼看滾滾黃水就要漫進工寮，寶仔、阿雄適時將兩位老人家綁上繩索，在岸上弟兄的協助下，將他們護送上岸。如驚弓之鳥的老夫妻，不住顫抖地一再向「守望相助」的弟兄們道謝，口中還不斷地說：「你們一定是觀音佛祖派來救我們的……」

雨夜救人

「你們一定是觀音佛祖派來救……」一個多月前，也有村人向他們說過同樣的話。

那是個細雨霏霏的夜晚，「守望相助」的弟兄們在社區、偏僻農舍巡守。近十點，他們發現一部轎車停在田野的產業道路上，近前一看，車輪深陷爛泥巴中，後車蓋掀開著，駕駛踩油門不見作用後，於是下車想將車子推上路面，無論多使勁仍然白費力氣，便又匆匆回到駕駛座上猛踩油門，一副動作急切的樣子。

弟兄們趨前詢問是否需要幫忙？對方竟冷冷地答說：「不必！」細心的阿雄察覺出他神情有異，便梭巡著車子來回看。

「車上怎會有又溼又髒的女人鞋子？車子明明需要我們幫忙推上來，他卻說不必……」阿雄正思索著。突然這個人打開車門，用力甩上，拔腿就往前跑，弟兄們見狀，彼此很有默契地追了上去，阿雄立刻用無線電呼叫器向本部請求支援，同時緊跟在後。

一刻鐘不到，阿智與五十餘位弟兄趕來，馬上編組作業，一隊人協助阿雄等緊追盯人，另一隊人則在現場仔細搜索。強烈的探照燈光讓他們在車旁不遠處，注意到兩大兩小四個略顯混亂的腳印，朝著陡峭的土坡往下走，同時又察覺到從低處走上來的腳印，卻只有一雙大的。弟兄們猜想山坳下可能「大有文章」，遂沿著腳印下到黑漆漆的山坳，在手電筒照射下，發現地上躺著一個奄奄一息的女子。此時，警方人員也據報趕到現場，隨即聯絡救護車前來。

阿智個頭大，蹲下身子，讓阿榮、寶仔將這名女子扶上他的背部，再用弟兄們從上面放下來的繩索將兩人捆綁好後，請上面的弟兄慢慢將繩索往上拉；阿智一手扶著女子，一手緊抓繩索，雨絲冰冰涼涼地飄落在他臉上，打在溼滑的土坡上，他汗流浹背地往上爬，像烏龜一樣，爬兩步，卻又止不住地下滑一步……此時，阿智恨不得自己長有一雙翅膀，好趕快將背上的女子送上救護車……

救護車載走渾身軟趴趴、溼漉漉的女子，阿智和弟兄們鬆了口氣，正準備離開時，有位身穿深色雨衣，牽著機車路過的阿伯，以讚賞的語氣對滿身泥濘的阿智說：「壞人已經被抓到了，聽說剛才那個女孩子就是被他下藥迷昏的，幸虧讓你們遇到，你們一定是觀音佛祖派來救她的……」

遶境

內門鄉觀亭村有座供奉觀音佛祖的百年古剎，香火鼎盛。自古以來，這座「內門紫竹寺」，就是羅漢門及鄰近地區的信仰中心，也是鄉民的精神堡壘，鄉民尊稱為「大廟」。

「大廟」的觀音佛祖遶境活動，已有上百年的歷史。每次遶境，舉鄉歡騰，鄉人不只拜神，每一村落還會出動「庄頭陣」表演，「庄頭陣」分文武陣，有牛犁歌、跳車鼓、南管、北管、宋江陣、舞龍舞獅……其中以宋江陣馳名國內外。

為期四天的遶境，均選擇在觀音佛祖聖誕（農曆二月十九日）前幾日舉行。希望佛祖巡遊鄉境各聚落時，賜予合境平安。這期間，每天從全省各地湧進的信眾多達一、二十萬人，幾乎將鄉間小路塞得寸步難行。此時，「守望相助」的弟兄又成了交通順暢的守護者。

二〇〇一年三月八日（農曆二月十四日），「內門紫竹寺」觀音佛祖遶境又開鑼了。

「大姊，大廟的觀音佛祖開始遶境了，你們都要回來看熱鬧喔！」晚上，阿智喜孜孜地打電話給遠在北部的玶安。

「好的。明天，你姊夫下班後，我們連夜趕回去。」玶安微笑著掛上電話，心裡暖烘烘的。她與阿智手足情深，從小就無話不談，尤其玶安的腳行動不便，經常跌倒受傷，每次幸虧有他南北奔波，載來母親幫忙照顧……大廟遶境活動，他也一定來電邀請。在玶安眼裡，阿智是個很貼心、很得人疼愛的弟弟。

「咚咚咚……」十日早晨，壁上的老爺鐘重重敲響七下，玶安揉揉矇矓睡眼，隱約聽到阿智壓低嗓門與父親說話的聲音從客廳傳來，她一骨碌爬下床，走向客廳。

「大姊早，吵到妳了！」阿智一看到大姊就笑咪咪地向她打招呼。

「早，媽說你一早就得出勤務，怎麼有空回來？」玶安點頭回答，眼睛正好接觸到阿智炯炯有神的目光，整個人頓時精神起來，不覺細細打量起兩個多月未見的小弟——頭戴深藍色的鴨舌帽，黃色短袖襯衫紮進黑長褲內，腰繫黑色皮帶，上衣袖口上面約十公分處，繡有「戰車小組」字樣的黑字，腳上穿著白色運動鞋，高大、挺拔且神采奕奕。

「我要先去各定點看看弟兄們有什麼需要協助……」阿智停了一下，又說：「早上玉荷姊送來一些糯米包子，有甜的，也有鹹的，很好吃，我帶幾個過來給妳趁熱吃。」

玉荷是寶仔的母親，也是玶安情同姊妹的鄰居，說起話來溫溫柔柔地，讓人覺得很親切；看著阿智從小到大，總當他是自己的弟弟般疼愛，有好吃的東西一定少不了他。她知道阿智喜歡吃她做的糯米包子，便時常做一些讓寶仔帶給他；阿智成立「守望相助」，寶仔第一個響應加入。

「阿智，謝謝你，晚上再去你家坐坐，順便請玉荷過來聊聊。」

「好啊！到時我泡『東方美人』請妳們喝，現在我得先走囉！」阿智俏皮地立正站好，向她及一旁的父親行了個徒手禮，笑著轉身離去。

風雲變色

上午十一點多，天空忽然陰霾起來，母親邊從院子往客廳走，邊嘟嚷著：「怪了，好好的大太陽，怎麼說躲就躲起來了？」話才說完，一部車速極快的機車，突然在門口煞住。

「阿智哥被殺了啦！」機車上的一男一女來不及下車，就大聲哭嚷。

「人呢？」父親第一個衝出門外問；母親則愣住了。

「正從醫院回來的路上……」

坪安與父母火速趕到阿智家，許多人已聚集在院子議論紛紛，包括好多記者。

不一會兒，救護車的嗚笛像是奏著斷魂曲般淒厲響起……

已意識到小兒子凶多吉少的母親，顫慄地衝向救護車，聲嘶力竭地哭喊：「阿智！阿智啊……」

一向身強體壯的阿智，才四十二歲，早上還容光煥發、精神抖擻的，此刻竟如此蒼白、毫無聲息地躺在擔架上，渾身是血，脖子與肩膀交接處、左手臂上的兩處刀傷，還在汩汩地淌出血水。母親一見，刀刀都割在她身上般，慟得大叫一聲，昏了過去。

從兒子被搬下救護車的那一刻，父親就老淚縱橫地緊緊跟在身邊，兒子被推進「守望相助」的辦公室，等待法醫驗屍時，他先是不發一語地瞅著兒子，然後伸出布滿老人斑的手，顫抖地握住小兒子冰冷的左手，泣不成聲……

「怎麼會這樣？到底發生了什麼事？……」父親哭過一陣，猛然抬頭，圓睜著眼睛大吼。

霎時，辦公室鴉雀無聲，空氣瞬間凝固般，在場的人面面相覷。也許是眼前這位一向溫文儒雅的老人，突然變成怒目金剛的吼聲嚇著了大家，也或許是大家不忍心將那慘絕人寰的經過告訴他……

「大哥，你要冷靜，事出突然……」二叔含著淚水，痛苦地說出他知道的情形……

當時，兇手因不聽勸阻，與「守望相助」的弟兄發生爭執，阿智到場幫忙協調，經勸說無效後，他掉頭要趕回原崗位，誰知，才走了二、三十公尺遠，即聽到背後一聲淒厲的叫聲，他回頭看到洪姓弟兄痛苦地倒在地上，鮮血染紅了黃色制服，阿智毫不猶豫地快速衝過去，彎下腰要將弟兄扶起來，不料，獸性大發的兇手，一手勒住阿智的脖子，另一手持刀狠狠地往阿智肩頸插下去，並快速地將刀拔起，阿智的頸部霎時血噴如注，而滿手血腥的兇手竟殘酷地又往阿智左手臂捅下貫穿的一刀……

阿智的頸動脈斷了！血就像噴水池的水柱般不斷地噴湧出來，別說送醫還得半小時車程，即使醫院就近在咫尺，也無力回天！

「天理何在？我們都盡力在『做』了，竟還落得如此下場……」父親搖搖頭，聲淚俱下地吼出他內心的悲痛後，頹然地坐在椅子上，像是顆洩了氣的皮球。

聽到惡耗，趕回來的「守望相助」弟兄，團團圍著創會理事長阿智，個個憤憤不平，眼泛淚光……

「太殘忍了！又無怨無仇，怎會下手這麼狠毒！」寶仔噙著淚水，憤慨地說。

「真惡劣，像這樣，以後有誰願意義務出來維持秩序？」阿雄垂頭喪氣地自言自語。

「這是什麼世界？還有國法嗎？」「太兇殘……」正當親戚、鄰里……不平、不捨的低泣聲夾雜著怒罵聲四起時，突然一個女人尖銳的哭叫聲從停放阿智遺體的辦公室響起。

「好人沒好報，枉費啦！枉費你水裡來、火裡去到處救人……」玉荷望著阿智如沉睡般的臉龐，眼淚撲簌簌地跺腳大叫。

幾位記者將麥克風伸到滿臉淚水的玶安面前。「聽說妳是死者的親人，妳對這件事有什麼看法？」

「誰無父母？誰無子女？每一個人都是父母的心肝寶貝，但願我家小弟是最後一個受害者……」玶安傷心欲絕地哭訴。

次日，各大媒體不約而同報導了這則不幸的消息：

三月十日上午十一時二十分，內門鄉民俗藝陣嘉年華活動進行陣頭遶境，內門鄉守望相助協會成員在內東村九龍宮一帶「敬桌」地點，協助維持交通秩序時，因當時信眾趕著要到「敬桌」吃「羅漢餐」，人潮擁擠，道路又窄，不宜再讓攤販進入設攤。

賣水果的攤販陳〇〇（五十歲）欲進入設攤，遭守望相助協會人員勸阻，陳聲稱將車駛入，不會設攤，未料攤車駛入後竟不駛出，守望相助協會成員前往規勸，陳嫌竟從車上拿出水果刀，見穿黃色制服的成員就砍。

警方調查，最先遭到攻擊的是內門義消副分隊長洪〇〇，其左腋窩被刺一刀，深五公分，長十公分；創會理事長鄭〇〇緊接著被刺中頸動脈（送醫不治）。另一位義消小隊長蕭〇〇右手掌、右腳也遭割傷。現場民眾看見陳〇〇瘋狂砍殺維持交通的成員，群情激憤，紛上前制止……

此仇不報非君子？

聞訊前來弔唁的鄉民絡繹不絕，紛紛發出不平之鳴：竟然在佛祖遶境的神聖時刻公然行兇、濫殺無辜，兇手簡直是喪心病狂，如果沒有報應就太沒天理了！

阿智的好朋友們更是誓言報仇，要讓兇手家人也嚐嚐家破人亡的滋味。還有黑幫老大透過關係，詢問阿智的父親：「這個人太兇殘、太可惡，只要你點頭，就有人治得了他……」本性嫉惡如仇的坪安，對小弟因公殉職的悲慟、憤恨，更是難以遏抑，幾天來，無時無刻不在苦思為阿智討回公道。一聽這話，簡直就像在黑夜的茫茫大海中，看到一絲燈光般，差點沒跪下來向對方磕頭感恩。

阿智的父親服務公職四十餘載，七年前從內門鄉公所的秘書職位退休，早已茹素。雖然老年喪子的哀慟，讓他幾乎崩潰，但對於報復的說法，只沉痛地搖搖頭，勉強擠出一句：「冤冤相報何時了？」此話一出，坪安有如被敲了一記悶棍似的，還沒來得及開口，就看到玉荷鐵青著臉大聲抗議。

「阿堅伯，難道就這樣算了？」自從阿智出事後，玉荷每天來看阿智，也陪阿智母親掉眼淚。當她聽到阿智父親拒絕別人為阿智報仇時，一改過去的溫和，情緒變得相當激動。

父親抬頭看了玉荷一眼，隨即垂下頭不再出聲。玉荷轉頭看向阿智的母親，冀望她能強硬地要為兒子討回公道，哪知滿臉淚痕的她，兀自喃喃低語：「阿智，你能救別人，怎麼就是救不了自己……」好像周遭的一切都與她無關似的，看得玉荷越發心疼地衝著玶安喊：「妳說——妳說，阿智一向和妳這個大姊最好，我不相信妳會就這樣算了……」

「玉——荷——」玶安哭得說不出話來，停了停才憤怒地說：「當然要討回公道……」

「聽著，文的不行，就來武的，絕不能讓阿智這樣白白犧牲，否則『守望相助』鐵定『散掉』……」玉荷咬牙切齒地一面哭一面說。

玶安倔強地點點頭，然後附在玉荷耳旁恨恨地說：「此仇不報非君子，妳回去請大家做好準備，只要兇手一到案發現場，就先好好教訓他一頓，但這事要祕密進行。」

「好，我這就回去跟大家說。」玉荷轉身握握阿智母親的手，含著淚水悄然離去。

撥雲見日

時間一天天過去，每次都聽說檢察官要帶兇手到現場模擬，每次都讓埋伏的各路人馬撲空，一連三次。後來聽說，為了兇手的人身安全，決定不做現場模擬。

仇恨的烈火找不到宣洩的出口，玶安整顆心就像瀕臨爆發的火山，她忘了自己是個慈濟人，「冤家宜解不宜結」的道理，更早就抛到九霄雲外，每天都像吃了炸彈般，動不動就大吼大叫，不然就一個人默默掉眼淚。幾個月過去了，她還是只要一閉上眼睛，阿智渾身鮮血的情景就浮現眼前……

「鈴——」電話響了又響，玶安此刻的心情就像天空中層層疊疊的烏雲，眉頭皺成一團，根本不想接——誰這麼有耐性？她心裡暗自嘀咕，只好拿起話筒。

「喂，是玶安嗎？怎麼不出聲？」是玉荷的聲音。這陣子只有玉荷的電話才能提起玶安的精神，所以，她馬上回應：「快悶死了啦！玉荷，妳那邊有什麼消息嗎？」

「昨天我和寶仔去找阿雄，正好有位慈濟的李師姊來向他媽媽收善款，無意間大家談起阿智……她就講了一個你們上人的弟弟在軍中發生不幸的故事……」玉荷今天的口氣出奇地溫和。

「這事我知道，可是，那是誤殺。而阿智卻是被故意刺死的，情形不一樣，不能相提並論。」玶安生氣地搶著說。

「妳冷靜點，之前我們都只想到阿智的慘死、兇手的可恨，所以，巴不得將兇手碎屍萬段。」

「沒錯，一命賠一命，天公地道。」玶安斬釘截鐵地說。

「可是妳想過嗎？天下父母愛子女的心都是一樣的，阿智的死，讓妳爸媽肝腸寸斷，尤其妳媽，到現在還幾乎每天哭，李師姊說……」

「我知道，我知道……」玶安沒等玉荷把話說完，再次不耐煩地打斷她的話，自顧自說著：「上人向他母親說，那個打死妳兒子的人，他母親心裡的惶恐、不安，可能比我們更不好受，她現在一定每天為兒子是否會被判死刑而坐立難安……」不知怎地，提到上人，玶安感覺身上有一股暖流緩緩流著，宛如悲憤的心情適時得到慰藉與了解，原本強勢的態度變得溫和許多。

玉荷沒有搭腔，她發覺玶安不再理直氣壯，靜靜地聽著玶安繼續說。

「弟弟已經死了，就算那個人被判死刑，弟弟也回不來了，只是徒然增加另一位母親的哀慟而已……」說著說著，玶安的聲音愈來愈低沉，她想到上人，也彷彿看到上人用無比溫婉的眼神看著她……慢慢地，她憤懣的口吻沒有先前那般尖銳，接著嗚嗚咽咽地哭了起來，與剛開始的暴戾判若雲泥。

母親、上人！此時玶安的心田，像被一股清流滌盪般，母親的無助哭泣，竟與上人慈祥的身影交疊在一起，玶安握著聽筒的手微微顫動，一時電話兩端的人都沉默了下來。

「玶安，我們都是當了母親的人，那個兇手的母親，因為兒子殺了人，擔心被報復，又害怕兒子坐牢再也回不了頭……她吃不下、睡不著，是不是也很可憐？」過了好一會兒，玉荷的聲音再度響起，電話裡傳來她擤鼻涕的聲音。

「玉荷，謝謝妳提醒我……過幾天，我會回娘家一趟。」輕輕擱下話筒的玶安，怔怔望著窗外，剛剛還烏雲密布的灰暗天空，不知什麼時候已經晴空萬里了。

最好的祝福

玶安娘家的祠堂裡，香煙繚繞，母親手擎三炷清香，對著阿智的牌位，艱難地說：「今天在法庭上，我們沒有為難對方……」說著說著，又哭了起來。

「也許是我們欠了人家，也許阿智塵緣已了！」自從小兒子亡故後，父親便很少說話，只有看到母親掉眼淚時，才安慰她。

法院通知受害家屬出庭的前一天，玶安約大弟、小妹一起回娘家與父母談談。

「我們上人的弟弟在軍中服役時……」玶安將證嚴上人的弟弟被誤殺，以及上人勸慰俗家母親原諒對方的事說給大家聽。

「可是，對方實在可惡，連一通道歉的電話也沒有，這口氣怎吞得下？」服務軍旅的大弟不滿地說。

「隨他去吧！各人造業，各人擔。也許是阿智前輩子結下的緣！也許……不管怎樣，我們都希望阿智有個比較美好的來生。」小妹語重心長地說。

小妹透露，阿智出事後，她就對母親說，這可能是所謂的因緣果報，不要口出惡言，免得再結惡緣，母親當時只是茫然地點點頭。有一天晚上，母親又淚流不止，神情極其沮喪，任憑特地回來陪伴的她怎麼勸，母親就是無動於衷。

她忽然想起玶安以前說過：「心情不好，打開電視看看證嚴上人，聽他說說話，心情自然會平靜下來。」於是，她打開大愛電視，正好聽到上人說：「這輩子說的每一句話，做的每一件事，都是在為自己的來生寫劇本……」

不久，母親的心情平靜了下來，並且嚴肅地對她說：「雖然我真的好恨那個殺死阿智的人，但我不要為阿智寫壞劇本。」母親果然從頭到尾都沒有詛咒兇手。

「很慚愧，前陣子，我被氣瘋了……上人說：『不要拿別人的過錯來懲罰自己。』……」玶安將她前陣子因為一心想報仇，把自己弄得像座火藥庫似的，不只苦了自己，也把家裡搞得烏煙瘴氣，幸好玉荷適時提醒，才沒釀出不可收拾的事來。說完，玶安忍不住地抽搐著，好不容易停下來，才又說：「上人時常提醒我們，生要即時付出，死要甘願自在。阿智已經將他有限的生命，發揮了無限的價值，我們都替他感到驕傲，就讓他『自在』地去吧！」

玉荷知道玶安要回來，便帶著兒子一起過來，寶仔聽完大家說的話，不禁感慨地說：「其實，阿智哥並沒有白白犧牲，因為他的意外，喚起鄉公所對『守望相助』人員保險的重視；同時，『守望相助』經全體理監事、會員一致決議，在阿智哥畢業的觀亭國小、內門國中設立『鄭智仁義行獎』，每年畢業典禮時，頒發獎狀和兩仟元獎金給一名『見義勇為』的畢業生，來紀念阿智哥。」

阿智不幸的事情發生後，鄉內有識之士才注意到「守望相助」的弟兄們為了救危解難，經常將自己暴露在危險狀態中，卻幾無保障可言，因此建請鄉公所予以補助，使每位弟兄能有相當額度的保險，讓家屬得到最基本的保障；而且為了人身安全防護，理事長也一再加強危機意識：發現狀況，務必要先聯絡警方，因為警察人員本身有一定的嚇阻力量，弟兄們只要做好巡視守望的工作，協助處理即可。

次日在法庭上，母親沒有為難對方，也決定日後不管作何判決，都不再上訴。玶安一家人希望「讓一切都回復平靜」，作為對阿智最好的祝福。

冬去春來，又是陽光燦爛的三月天，內門紫竹寺觀音佛祖遶境的鑼聲再度響起……

「阿智，今天是你的忌日，寶仔一大早就送來你最愛吃的糯米包子……媽知道你那麼善良，一定早就原諒對方了！你的弟兄們又忙著維持交通秩序了，你要保佑他們平安……」

這天，母親帶著玶安姊弟在祠堂為阿智祝禱。玶安從香煙嬝嬝中，看到頭髮斑白、背部微駝的母親，臉上有著明顯的歲月鑿痕，深邃的眼眸盈滿對孩子的心疼與思念……

這時，祠堂屋簷下的鳥巢，飛進一隻大燕子，「啾！啾！啾！」小鳥清脆的叫聲讓母親與玶安不約而同地抬頭，一幅母燕餵食小燕的畫面映入眼簾。

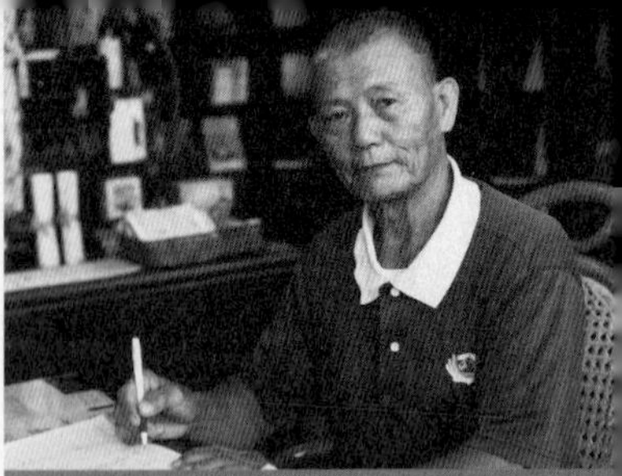

廖棟財 ◎一九四〇年生，南投縣草屯鎮人。與太太湯蜜夫妻情濃，結縭四十七載，平時熱心公益。二〇〇四年七月，一場突如其來的車禍意外，攪亂了四個原本幸福的家庭。眼見家中的精神支柱躺在病床上承受煎熬，而肇事者卻置之度外不聞不問，兒女們氣得要向對方提出刑事訴訟及民事賠償！篤信佛教的廖棟財，該如何面對？

等待向陽的日子

林瑋馨

一聲震天巨響，偏僻小鎮的巷弄間起了一陣喧嘩；她躺在地上，閉上眼睛，暫時脱離了塵世的虛實與紛擾。不久後，刺耳的聲音劃破午后的寧靜，「咿喔——咿喔——」

二〇〇四年七月十八日，小暑。

蔚藍的天幕上，懸掛著一輪火紅的大太陽，毒辣辣地燒烤著，引來的陣陣焚風讓皮膚都要沸騰似地。中午時分，偌大的房子塞滿了燠熱，廖棟財的脊背汗濕一片，黏搭搭地貼在身上，渾身上下都覺得不舒坦。

他抬眼朝白色牆壁上的時鐘望去，十二點多了，湯蜜應該要回來了！他一邊嘀咕一邊心神不寧地扒著飯。突然，巷口爆出一聲驚呼，蓋過天際，整個巷弄頓時熱鬧了起來！

「阿財！阿財！你太太好像被車撞了！」鄰居像一陣旋風似地跳了進來，大聲嚷嚷。

阿財丟下碗筷，慌慌張張衝到離家不到五十公尺的集會所旁，遠遠看到地上的安全帽和躺著一動也不動的人，他腦中一片混亂，雙腿發軟，「真的是湯蜜嗎？」他不禁起疑。

「啊！怎麼會這樣？」全身顫抖的阿財站定後大叫。大熱天裡，一陣涼意從腳底透上來，昏脹的頭霎時感到天旋地轉……

他焦急地聲聲呼喚：「阿蜜啊！阿蜜啊！」沒想到太太的耳朵、鼻子開始冒出鮮血，幾位鄰居七手八腳幫忙扶起她的頭，也催促旁人快叫救護車！

「怎麼會從巷口衝出來？」撞人的少年囁嚅了一下，身子不安地磨蹭起來，亮眼的刺青和冒出的話同樣引人側目。

「車速那麼快，撞到人就是你不對！」阿財的兒子不甘示弱地立刻回擊，銳利的眼神瞪向少年。

湯蜜沒有大量出血，也沒有重大外傷，她就這樣像嬰兒般沉睡。這突如其來的意外，有如無預警的龍捲風，將全家吹向洶湧的大海，也攪亂了四個家庭幸福的日子。

婦唱夫隨　情意深

湯蜜和廖棟財夫妻情深，平時即熱心公益、默默行善。一九九七年湯蜜受證成為慈濟委員後，一心投入慈濟志業，由於擁有好廚藝，經常承擔組內的香積庶務。家裡經營米店，阿財知道湯蜜喜歡做慈濟，便全力護持，讓她無後顧之憂，閒暇之餘，也會同行；過去照顧米店是湯蜜生活的重心，如今有了慈濟，她重心轉移，日子更加忙碌。

一九九九年九二一大地震，造成全臺八百所學校一夕間傾毀；南投縣遭受空前的大破壞，屋毀人亡，損失慘重。而湯蜜自己的家也是受創嚴重，接連好幾晚，全家人都睡在騎樓下。家裡尚未修復整理，然而每天一大早，湯蜜又急著和阿財投入集集、水里的賑災工作，慈濟的夥伴們關心她家裡的狀況，湯蜜卻輕描淡寫地說：「別人的災情更慘重，先幫助那些災民們比較重要，反正自己的家以後再慢慢處理。」

在災區學校重建期間，為了解決乾淨水源不足的問題，夫婦倆每天提供過濾的鈣離子水作為廚房之用，他們不怕麻煩，只希望讓鄉親吃到最安心的食物。湯蜜忙著做香積，廖棟財則為希望工程的學校鋪設連鎖磚，並配合慈濟為災區推動的安身、安心及安生計畫，跟著慈濟志工魏秀玲和羅

廖棟財和湯蜜結褵四十七載，夫妻情濃，家庭和樂。

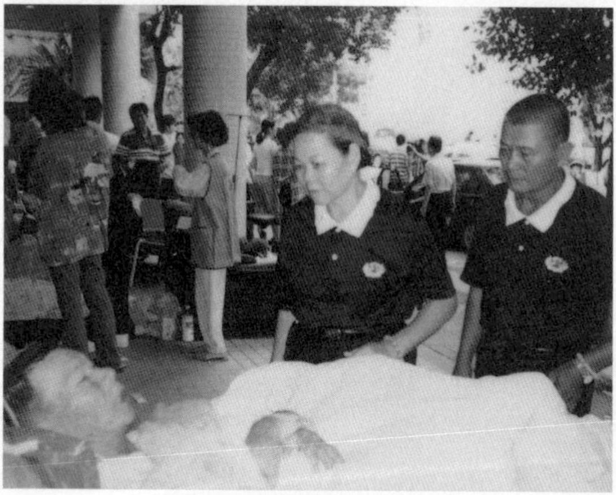

廖棟財每個月在慈濟草屯聯絡處做環保回收（上圖）。廖棟財和湯蜜夫婦，關懷臥病的照顧戶（右圖）。

星原訪查受災個案。

訪貧結束，大家還要開會討論，根據各別的受災情況提供可能的濟助方案。看到慈濟人缺乏一個聯誼共修的處所，湯蜜立刻發心提供住家作為集會場所。兩人的身影日夜在災區穿梭，同進同出。

被迫單飛　嘆奈何

阿財怎麼也想不到，原是幸福鴛鴦的兩人世界，也有單飛的一天。

出事的那一天，有三部遊覽車的人要來參訪草屯鎮僑光國小的希望工程，湯蜜一早便到學校的廚房裡忙進忙出；直到近午時分，整個活動結束後，她才騎機車回家。就在離家不遠的巷口，由於閃避不及，被一輛狂飆的機車迎頭撞上，肇事的十九歲少年僅輕微擦傷，但湯蜜卻腦幹受創，被送往中國醫藥學院附設醫院急救。

沉睡不醒的湯蜜，昏迷指數只剩三，醫師宣布必須緊急開刀處理，也不諱言手術的可能風險！廖棟財的心開始動搖，千百種念頭迅速在腦中翻滾，「怎麼辦？一定要開刀嗎？」他的臉蒙上濃鬱的陰翳，像烏雲，似魅影。

「救救看吧！也許菩薩保佑會有奇蹟！」阿財抓住腦海竄起的一線希望，懇求醫師全力搶救。

「轟隆！轟隆！」嵌在天空跋扈多時的太陽被烏雲籠罩，這時突然響起巨大的雷聲，一道道閃電在窗外張牙舞爪，夾雜著狂風驟雨，令等候的家屬更加坐立難安。

猝然地，嘩啦一聲，雷雨刷了下來，打在乾涸的地面上，劈哩啪啦，一陣急過一陣。雷電交加的這一夜，湯蜜動了兩次手術，第二天早上又動了第三次。家屬們沉著臉，焦急地守在門外。面對渺茫不可知的未來，等待是無止盡的煎熬。

雨，下了一整夜；命算是撿回來了，可她依然沉睡著！任憑家人如何千呼萬喚，始終沉默不語，只偶爾會從眼角滲出兩行淚水，算是給了家人回應。

好好的一個人出去，回來竟成了植物人，任誰都無法接受！治療一段時日後，病情未見好轉，眼見家裡的精神支柱躺在病床上受煎熬，而肇事者卻置之度外，不聞不問，湯蜜的兒女們氣得要向對方提出刑事訴訟及民事賠償，讓那個未成年少年得到應有的法律制裁！

「阿蜜……阿蜜……妳要趕快醒過來，我有好多話想對妳說呀！」阿財頹然地坐在床沿，孤獨代替了湧在心頭的苦，眼中蓄滿無奈和無法表達的慟。

「早知道會發生這種事，當初不管怎麼樣都會載她過去的。」不只一次，阿財在內心吶喊，為自己沒有付諸行動而感到自責，只是——事情到了這般地步，又能怎樣？

不能釋懷的還有湯蜜唯一的女兒廖妙婉，當時她正在娘家坐月子。茹素十幾年的湯蜜那天突然說，活動結束時要到市場買條鮮魚幫她補身子！對母親的貼心，妙婉推說母親吃素，不必為她特別費心。出事後，當鄰居把那一尾魚提回來時，妙婉當場大哭起來，再多的懊悔、自責都無以彌補，讓原本悲戚的她，更加心酸。

幸福，這個令人嚮往的字眼，曾經給了這個家多少的喜悅和歡笑，難道這麼容易就凋謝了嗎？出事的前一晚，一家人還興高采烈地看著以前的相片，「難道一個意外，就要改變一家的生活原貌嗎？」一連串的問號在阿財腦海裡盤旋。

儘管殘酷的事實橫在眼前，但存在阿財心底的深情，卻有如浩瀚無垠的大海一樣，深邃而堅定。只要能看她一眼，就算是颳風下雨，也要大老遠地從南投趕過來。

這段艱難的日子裡，家人發願念三十萬遍《往生咒》，每天以虔誠佛號聲為湯蜜祈福；阿財更是早晚持誦《藥師琉璃光如來本願經》回向給湯蜜，希望以全家無窮的願力感動佛菩薩加持，讓奇蹟出現！

出現轉折　解生死

開刀後的第十三天，在慈濟志工的陪伴下，廖棟財到慈濟臺中分會面見證嚴上人。上人舉佛經典故為阿財開示，上人說，有一次佛陀和阿難尊者去外地托缽，佛陀的腳不小心被樹枝絆倒了……阿財明白上人的妙喻：好人也有碰到逆境的時候，一切因緣果報皆是過去生所帶來的業，要學習看開，不能執著。

當阿財雙手合十向上人虔誠頂禮時，奇妙的事情發生了！他抬頭時驚見上人的身體不見了！阿財以為自己一時眼花，再仔細一瞧，果真不見了！停了有三、四秒之久，上人才又端坐眼前。

走出會客室，阿財向陪同的志工提起剛才的境界，對方不相信，反而安慰他說：「可能是幻覺吧！這段時間你照顧師姊太累了。」但是阿財堅定地相信，那是他這段日子以來不斷禮拜《藥師經》和《金剛經》的結果，是佛菩薩要告訴他「萬物皆空」的道理。

「一人住院，四個家庭亂糟糟！」阿財的內心無比感慨。等待是一條漫長的路，為了湯蜜，三個已成家的兒女時常和父親在臺中、南投兩地跑，陪湯蜜說話、為她按摩、拍背，並請出家師父為她開示、誦經念佛，只要有助於湯蜜甦醒，他們都願意嘗試。只是當盡了一切努力，病情仍未好轉時，不捨和害怕失去媽媽的擔憂，又讓全家陷入一片愁雲慘霧中；相較於肇事者的默不作聲，再次勾起家人怨恨的怒火，加上親朋好友的不時抱屈，更加堅定要向對方提出告訴、討回公道的決心！

發生事故後，有不少火上加油的人會在阿財背後冷嘲熱諷：「做慈濟做得那麼發心，還會發生這種事，菩薩都沒有在保佑喔！」有些慈濟會員乾脆拒繳功德款了，他們認為反正做多少功德都是沒有用的。

提出訴訟一段時間後，慈濟中區慈誠隊大隊長羅明憲特地來到醫院探望湯蜜。面對家屬的悲傷，羅明憲感同身受，語重心長地對阿財說：「發生這樣的事，你我都很不捨，但是上人說，要放下恩怨，互相疼惜；他又說，普天之下沒有我不愛的人，普天之下沒有我不原諒的人，普天之下沒有我不信任的人；我們要將惡緣化為善緣，原諒別人。」羅明憲接著說：「你若是有訴狀，要儘快撤銷，因果沒完沒了！」

這一席話讓阿財若有所思，多日來的擔憂和酸楚，如排山倒海一股腦兒全湧了上來。對一個學佛多年的人來說，這樣的道理豈會不明白？但是傷害已造成，如何彌補原本該有的幸福和圓滿？

阿財心想，肇事者是單親家庭，想必對方家長的心裡也不好過，即使按照法律程序讓對方賠了錢，他們會甘心嗎？不會惹來鄰居的閒言閒語嗎？何況拿了這些錢，阿財還是會把它捐出去！與其讓別人說話，還不如原諒對方，讓湯蜜生生世世免受輪迴之苦！學佛的阿財希望無法解釋的因果輪迴到此為止，債還清了，就無須再輪迴了。

羅明憲離開後，病房裡剩下阿財夫婦倆，看著湯蜜熟悉的臉，想到羅明憲的話，他陷入深思……不知過了多久，他突然抬起頭來，定定地看著湯蜜；忽然之間，一縷全新的意識在心中升起，他彷彿領悟到什麼，一顆心忽然清澈起來，有如穿過迷霧重見光明般輕鬆。看著湯蜜，阿財深情地笑了。

放下執著 真解脫

回到家，阿財說出了要原諒肇事者的重大決定。他對孩子說：「媽媽跟我都是學佛的人，凡事慈悲為懷，我們知道因果循環的可怕，媽媽也一定不願意看到一個年輕的生命因為受法律制裁而毀了前程。我希望你們馬上撤銷告訴，也不要再求任何金錢賠償。」

家人完全不解，難以接受！因為他們看事情的角度和父親不同：當所有證據顯示少年飆車這件事是事實時，他就必須為自己所犯的錯誤負責；

如果撤銷告訴，等於告訴社會大眾，犯錯的人不必為自己的過失扛起責任，那麼社會公義在哪裡？

家人堅持要讓肇事者得到應有的懲罰，阿財不厭其煩地將證嚴上人的開示和湯蜜助人行善的初衷，一次又一次耐心說明。當他們看到一向依賴媽媽的爸爸，此刻的眼神竟是如此堅定，平穩的語調中透露不容改變的決心，而他又是最了解媽媽的人，子女們雖心有不甘，最終還是決定尊重爸爸的所有決定。

當服務於警察局的大兒子廖炳儀到南投地方法院撤銷告訴時，不意竟被他的直屬檢察官大聲責罵：「你是身為人民保母的身分，道理上應該要維持社會正義，怎麼可以姑息知法犯法的人？」擔任刑事小隊長的炳儀儘管面有難色，依然把慈濟慈悲的理念和父親的想法向檢察官細作說明，他才勉為其難地答應。

放下後，阿財的心如釋重負，把心思全部放在湯蜜身上。在他的細心照料下，湯蜜的昏迷指數由三升到九，從加護病房轉到呼吸中心住了八個多月後，又轉回南投的醫院繼續接受治療。近十一個月來，阿財日夜念佛，天天到醫院探視，總希望奇蹟出現，哪怕只說一句話也行。

在斜風細雨的清晨，在彩霞滿天的黃昏，阿財踽踽獨行的身影，從日出到日落，從酷暑到寒冬，每天坐著同一班公車，念著同樣的佛號，不一樣的是，他由原先的凡事依賴，到現在的勇敢面對，因為他對湯蜜的生命，有一分不放棄的執著。

然而，再怎麼樣的堅強，也抵不過歲月的磨蝕。上了年紀的阿財，不堪長期的身心疲累，有一次坐公車時，竟將慈濟委員受證時上人贈送的佛珠弄丟了；還有一回走在臺中車水馬龍的街道上，突然神智恍惚，忘了自己身在何處？

也許是湯蜜捨不得也不願意一家人辛苦地來回奔波，加上身體器官逐漸衰竭，她終究不敵病魔的摧殘，離開煩擾的紅塵，結束了六十七歲的生命。她往生那一天，恰好是佛教泰斗——印順導師圓寂的日子。阿財自我安慰地說：「湯蜜讓導師度走了！她有形有限的肉體雖然往生，但無形無盡的法身慧命正在另一個世界開始……」

虛空無盡　遍法界

辦理告別式的前一天，一直沒現身的肇事者，終於在家長的陪同下出現，拈完香，硬塞給家屬一個十萬元的慰問金，算是為孩子的過錯找一個心安的出口。

當時臺中慈濟志業園區的工程正如火如荼地展開，亟需建設基金，阿財想將這筆錢以湯蜜名義捐獻。

站在遺像前，阿財口中唸唸有詞，他要擲筊確認湯蜜是否同意這樣的安排？奇妙的是，阿財怎麼擲都擲不出結果來，直到他對湯蜜說：「既然妳不同意，那這筆錢就不以妳的名義捐，讓它盡虛空、遍法界吧！」說完，阿財慎重地再擲一次，沒想到聖筊出現，阿財滿意地點點頭，心想：「我的阿蜜就是會這麼做的人啊！」

火葬儀式結束，家屬在修道法師的陪同下，將湯蜜的骨灰安厝在自家的田園旁，繼續成為守候廖家的園丁。法師就在茶桌旁自在地與家屬聊生死，當下，也不知打哪兒來的白頭翁飛上樹梢，以清脆婉轉的歌聲持續鳴叫了許久，那聲聲清唱，彷若分明清楚的「南無阿彌陀佛」佛號，湯蜜的小兒子說：「鳥兒唱著『南無阿彌陀佛』的旋律，與法師的講經說法相互呼應，讓人心生歡喜。」

湯蜜一生守候這個家，即使她往生了，還是家人的重要精神依靠。大兒子炳儀當時剛好碰上一件棘手的綁架案，苦於找不到證據可以破案，焦慮煩躁不已。有一天想到慈祥的媽媽，過去只要心中一有煩惱，總會找她商量幫忙，炳儀靈機一動站在媽媽靈前，請求協助；不可思議地，數日後，案情終於水落石出，順利破案。

撥雲見日　心自明

湯蜜往生後，種種善與愛的效應，如一顆投入大海的石頭，激起了陣陣漣漪，而且緩緩向四周擴散開來。

平常工作壓力很大的大兒子，在母親往生後，逐漸改變火爆的脾氣，甚至也開始念佛，像脱胎換骨似地，整個人變得祥和起來；而老二和老三的家庭也和過去不同，因為小孩子親身體會到奶奶的身教與言教，看到奶奶的善行與一切不可思議的印證，漸漸體會行善助人的重要，大人們也更懂得把握當下，彼此惜福與惜緣。

擔任教職的廖妙婉，親眼目睹媽媽受病苦的折磨，無論是抽痰，還是插鼻胃管，她全看在眼裡，加上數度急救的折騰帶來的併發症，「再怎麼強壯的人也無法承受啊！」她無數次在心底掙扎，但是當家人想要放棄急救時，只有她力排眾議，哭著哀求：「這是緊要關頭，不能放棄啊！我不管媽媽以哪一種方式活下來，變成植物人也沒關係，只要還有一口氣在，我絕不放手！」這一刻全家人的心都動搖了。

也許是母女連心吧！妙婉隱約感覺到媽媽似乎還在等待什麼？但她一直想不明白，加上媽媽一直沒有好轉的跡象，於是心情很沮喪。有一天回到家，看見桌上擺了一本《佛要救你》的書，她眼睛為之一亮，於是坐下來仔細閱讀，翻了幾頁後，一段文字和她的心靈相印了：對生命不捨的，其實是活在世間的人；但當世間緣盡，病人應該透過佛力，找到光明的路，回歸極樂世界。「這不就是在講媽媽和我的關係嗎？」她的心頭一陣酸楚，心情久久不能平復。

自此之後，妙婉不再堅持急救，也在媽媽的耳邊説：「媽，我知道您最擔心我，不過我現在已經知道要怎麼做，您心愛的外孫也快要滿週歲了，您可以放心地走……」不久後，湯蜜就往生了。

為了延續媽媽的大愛精神，妙婉將兒子的滿月禮金、連同媽媽去世時同事致贈的奠儀，一併捐給服務的學校，學校因此成立「仁愛基金會」，幫助家境清寒的學生，她的拋磚引玉，也得到同事陸續響應，並且長期認養孤兒貧童。

深受湯蜜疼愛的長孫女廖家瑜，在奶奶往生後，人生的方向有了一百八十度的大轉變。原本想要從事教職的她，為了撫平內心的傷痛與不平，轉而學習家庭教育與輔導諮商，她會做探索生命的研究，是希望有朝一日可以輔導同樣遭遇的人。她能夠很快走出悲傷的原因，是因為理解奶奶的想法——原諒對方也是做一件好事。

湯蜜往生時，修道法師及許多慈濟人來助念，她慈祥微笑、臉色紅潤的遺容，持續到入殮前，遺體依然柔軟，全家大小沒有一人感到驚懼。修道法師說，湯蜜此生已解脫，了無牽絆。

為了避免觸景傷情，阿財將湯蜜所有的私人物品都仔細收藏起來。那天，他不經意看到一雙慈濟繡花鞋擺在鞋櫃裡，馬上紅了眼眶！畢竟夫妻幾十年，一時少了噓寒問暖的伴，不是輕易一句「放下」就能釋懷；但是，湯蜜火化時，阿財看到骨灰幻化而成的許多「舍利花」，他還是決定將它放進骨灰罈，讓她回歸自然，勿再流連世間。

無常生命，冥冥中所有的因緣巧合，決定了這一切。湯蜜如願奉獻一生給家庭和社會，即使在最後一刻，仍是服務人群，如今，她已無憾此生。將近一年住院的日子裡，廖家上下全心全意的陪伴與照顧，那分永不放棄的堅持，讓家人沒有遺憾。

一個陽光燦爛的好日子，阿財一身便裝，拎起農具，大步走向不遠處的農地，那兒有湯蜜安息的家和永遠在他腦海中的微笑，想到田裡的秧苗綠油油的一片，他的心情就格外地愉快。

郭馨心 ◎一九四四年出生於臺北內湖，與鄭惟澄育有兩男兩女。一九八九年受證慈濟委員，法號慈惺。一九九三年小兒子大正往生，示現人生無常，令她更積極致力慈濟志業。在慈濟曾擔任協力組長、培訓組區幹事，曾榮獲臺北市教育局頒發「教育愛」獎，曾擔任靜思文化《大愛引航》編輯小組成員。現任慈濟大學懿德媽媽、教師聯誼會區幹事。

遲來的康乃馨

李美儒

一九九七年的五月天，微風徐徐。母親節前一星期的週六午後，用過午餐的郭馨心，剛坐下來正要翻閱報紙，電話鈴聲嘎然響起：「媽，我告訴您，下個禮拜天我放假，要回去臺灣跟您過節，而且有禮物要送給您喔！」是在金門服兵役的阿義打來的電話。

「哦！能夠回來一起過節最好了，還帶了什麼禮物啊？」郭馨心好奇地問。

「先不告訴妳，等我回去再給您一個驚喜……」電話那頭，阿義興高采烈地說。

阿義並不是郭馨心的親生兒子，因為慈濟，這個曾經走錯路的男孩走入她的生命……

由於家庭因素，阿義下課後常找朋友玩牌、打電動玩具。血氣方剛的他後來變成小「大哥」，荒廢了課業，因而休學一年，國三復學時，經老師介紹，進入郭馨心以慈濟人文課在學校成立的「勵志社」。

一天，上完課後，即不見他的人影，同學也都不知他的下落，後來請輔導主任幫忙詢問，才知他因做錯事，暫被留置土城觀護所。郭馨心和輔導室的老師們及周元師兄去看他，並送去禦寒的衣服，得到關懷的阿義感動得嚎啕大哭。此後，慈濟課他從不缺席，在學校做義工，變成一個很有禮貌的學生。

「阿義，那你身體要保重，我等你回來喔！」郭馨心欣慰地掛上電話，「母親節又要到了……」她神情凝重，嘴角的笑意漸漸凝結，下意識地走到小兒子大正的房間，看著擺在桌上的那架模型飛機，她的心，悽悽惻惻地作痛……

無常突然到來

「媽媽，我長大後要當一名飛行員喔！」就讀幼稚園的大正雙手緊握飛機模型，睜大了眼睛說。

「真的嗎？那你以後可得要更用功讀書喔！」郭馨心彎下腰輕輕撫摸兒子的頭，笑得眼睛瞇成一線。

從小盼望翱翔在蔚藍天際的大正，乖巧懂事，是父母眼中的好孩子。長大後，他順利從中正國防預備幹部學校畢業，報考空軍官校，但因英文成績未達標準，而被分發到空軍通信學校。

「為什麼會變成這樣呢？」大正夢寐以求的理想瞬間破滅，就像斷了線的風箏，茫茫然地不知要飄往何處，他傷心地喃喃自語。最後，他心情低落地與父母商量，自願選擇離開學校。

回家後，一心充滿熱誠的大正很快地就振作了起來，把握時間，積極找尋一條真正屬於自己要走的路。就在這一天，他無意間在電視上看到招考警員的廣告，興沖沖地說服母親：「媽媽，現在社會需要有心人來維持治安，我想要從基層人員做起，目標是警官，這樣就可以服務更多的人。」

「你要當警察？這種工作很危險！」郭馨心一臉正經坐到大正身旁，十分錯愕。

「媽，您放心，我會小心的。」大正將手搭在母親肩上，一臉自信地說。

一九九三年二月，二十三歲的大正，順利考取警校後，被分發到新竹關東橋，接受三個月的憲兵役訓練。報到之前，他告訴母親，結訓後的假

大正器官捐贈後第二年，長庚醫院舉辦全國慰靈祭典，郭馨心代表捐贈者家屬致詞後，於大會中留影。

郭馨心受證委員(前排右二)時在靜思精舍合影（上圖）。郭馨心的愛子大正（右圖）。

日，他還要再回花蓮慈濟醫院當志工。因為在受訓前，慈濟志工陳金海曾經帶著身高一百八十公分的大正，到花蓮慈濟醫院做志工，由於他勤快又熱心地送病歷，屢受眾多師兄、師姊的誇讚與肯定，繼而興起他要再做志工的念頭。站在兒子前更顯嬌小的郭馨心聽了很是高興，原本對於兒子當警察這件事感到不安的心，逐漸放了下來。

變起倉促

「鈴——」四月二十四日，是個好天氣，中午陽光普照。郭馨心剛下班回到家，準備坐下來休息時，桌上的電話響起，她立刻接了起來。「媽，我是大正，我現在發高燒被送外就醫……」才過一、兩個月就接到大正由省立新竹醫院打回來的電話，郭馨心心跳急劇加速，充滿驚惶與不安。

匆促放下電話，她馬上與先生約好時間趕去看大正。一路上，郭馨心還想著兒子在電話中細心地教她們路怎麼走，「他應該沒有什麼大礙吧？」她想，趕到醫院，看到大正疲倦地躺在病床上打點滴，旁邊還有一位班長陪著，她直覺兒子應該只是一般的感冒發燒，擔憂的心情立刻緩和了下來。

抬頭看看醫院裡慘白的牆，及陣陣撲鼻而來的藥水味，郭馨心感到些許不舒服，走近仔細端詳兒子，發現他瘦了一圈。

與大正聊了一下後，郭馨心和先生想要了解兒子的病情，便離開病房去找醫生。「大正的心瓣膜發炎，且破了一個洞，是『亞急性心內膜炎』，現在正在做細菌培養，大約需要三到八天的時間，才能對症下藥，要是能早一點送來就好了。」聽到醫生這麼一說，郭馨心整個心糾結了起來。

回到病房，眉頭深鎖的她趕緊問兒子：「這到底是怎麼一回事？」為了不讓父母操心，大正才將一個星期以來，斷斷續續發高燒的情形，一一道了出來。

一週以來，他曾經發高燒到四十度，全身都在顫抖，抖到連床都會震動，連蓋兩件棉被都覺得不暖和，醫官用處理感冒的方式幫他打消炎退燒的點滴，退燒後又再度發燒，還是打點滴醫治，就這樣大正的體溫忽高忽低地持續十多天。

這天早上他們要接受體能測試，必須全副武裝跑完三千公尺，輔導長向上級報告大正前一天還發燒到四十度，打過點滴才降下來，現在身體很虛弱，想幫他申請免測試，但醫官當場為他量體溫，結果是三十七度，不符合規定，所以「請示不准」，大正還是照規定跑完三千公尺。

病中仍體貼家人

「你當時怎麼不堅持呢？」坐在病床邊的郭馨心一聽，拍了一下大正的手，責備的口吻中滿是焦急。

「我想，我平時就是善跑健將，跑三千公尺應該難不倒我啊！」大正抿著嘴說。

「你啊……就是不會照顧自己的身體。」站在病床另一邊的爸爸，不捨地唸著。

一旁的班長，愣愣地望著大正，勉強擠出一絲笑容回應。大正清一清喉嚨，嚥了一下口水，繼續說起今天早上，他如何硬撐著身體去跑步，結果只跑了兩千公尺就昏倒，當時，右腳膝蓋和腳板都擦傷了，被同袍攙扶到跑道旁，醫官趕來幫他量體溫，又高到四十多度，查不出病因，才緊急將他送外就醫。

由於他不是軍人，就診需要自費，所以不能送到軍醫院，而直接送到較遠的一般醫院，一路上車子不知何故一直熄火……這時，坐在床邊陪伴他的班長接著說：「那時是十點多，醫生有交代要通知家長來，但大正考慮到只有七十多歲的爺爺和奶奶在家，如果他們聽到孫子生病了，肯定會很擔心，所以等到中午才打電話回家。」

郭馨心和先生聽了，睜大了眼，大正仍不改一貫的天真，帶著一臉歉意向他們傻笑。

晚上，醫院送來晚餐之前，大正已吃完媽媽從家裡帶來的水果，身體感到很疲倦，便催促著：「爸爸、媽媽，時候不早了，我會沒事的，你們早點回家休息，明天請哥哥、姊姊來看我時，記得幫我帶些衣服。」話一說完，他就揮了揮手道再見，隨即閉上眼睛休息。

眼前這個寶貝兒子，精神萎靡、說話有氣無力，與他原本活潑健康、對生命充滿熱情的樣子，判若兩人，郭馨心感到萬分不忍。

驚愕的雨夜

走出醫院大門，外頭不知何時下起大雨，郭馨心心中有種說不出的悵然，回頭望著醫院……「好了啦，兒子不會有事的。」將車開到她身旁的先生搖下車窗說道。

週末的夜晚，返鄉的人潮特別多。高速公路上的車子就在走走停停間行駛著，郭馨心和先生此刻的心情，也如同塞車般，無法舒暢。近十一點，身心俱疲的他們，才剛進門要好好休息時，桌上的電話鈴聲響起。

「您的孩子被送進加護病房，情況很危急，醫生正在幫他急救。」是兒子隔壁床的病友打來的電話，她和先生心急如焚地冒著大風雨折回新竹。車子一路上奔馳，郭馨心劇烈跳動的心，也隨著車速不斷在加速。好不容易趕到醫院，醫生卻告訴他們：「病人經過我們急救後，發現腦血管破裂，造成腦幹大量出血，已經腦死。」

「腦死？」郭馨心和先生茫然地重複醫生的話。

「很抱歉，我們已經盡力了，病人快則三、五分鐘，慢則不超過一個小時，就會往生。」醫生毫無表情地接著說。

「往生？怎麼可能？幾個小時以前，他還好端端地跟我們講話、吃東西！怎麼可能？」郭馨心有如遭到晴天霹靂，激動喊叫著，旋即衝進加護病房，看見兒子全身插滿了管子，眼睛微張，她心痛地不斷呼喊大正的名字。

母親的聲聲呼喚，已經腦死的大正竟流出眼淚，兒子的淚水讓郭馨心痛苦地全身顫抖，一種從未有過的生離死別的情緒湧上心頭，就像一把尖刀插入心窩……

「孩子！不要怕，用心地念佛，跟著媽媽念阿彌陀佛……」她猛然想起證嚴上人的開示——要提起正念，郭馨心強止住奔騰的淚水，貼近兒子的耳畔小聲地告訴他，並將上人給她的念珠從自己的手上取下，小心翼翼地戴在大正的手腕上。

祈盼奇蹟降臨

身心俱疲的郭馨心決定打電話給羅美珠及陳美羿師姊。過了不久，就近在新竹的師兄、師姊先趕來為兒子念佛。之後，羅美珠及陳美羿從臺北邀請二十多位志工在三更半夜，冒著傾盆大雨陸續趕來為大正祝福；窗外滴滴答答的雨聲伴著眾人的句句佛號，讓病房內顯得莊嚴又溫馨，當下給了她和先生很大的信心與力量。

「孩子！病房外有很多師姑、師伯在為你祝福，加油，你要勇敢！你要加油喔！」郭馨心輕輕地在兒子耳邊說著，希望能給他一點力量。大正並沒有如醫生所說的，在一個小時內往生，她心中冉冉生起一線希望，祈盼奇蹟能夠出現。

到了早上，奇蹟並沒有降臨。郭馨心撐了一整夜的信心全都喪失殆盡，她想到孝順又聽話的兒子，才剛立志要為國家、社會服務，怎麼可能會這樣結束生命呢？她不願相信這個事實，一定是老天爺搞錯了……

「為什麼？為什麼？大正還這麼年輕！這麼健康！怎麼可以就這樣走呢？天啊！我該怎麼辦？」陷入痛苦掙扎中的郭馨心喃喃地說。

坐在身邊陪伴她的陳美羿輕輕地說：「既然妳覺得大正還沒有發揮良能，那妳可以幫他捐贈器官啊！」

「對啊！若是醫生無法救我的孩子，那麼為什麼不讓我的孩子去救別人呢！」滿心痛苦的郭馨心知道這是現在唯一能夠為兒子做的事。

於是，她拜託羅美珠幫忙說服先生，因為大正是他的心肝寶貝。等到先生首肯之後，她告訴一旁的女兒和兒子：「三年前，媽媽就簽了器官捐贈和大體捐贈兩張卡，為的就是希望我往生時，能有福報將有用的器官捐給需要的人，我們都很希望大正能好起來，萬一他必須離開我們，有很多的器官都可以幫助別人，希望你們能同意爸爸媽媽的作法，捐出他的器官去救人。」孩子聽了，強忍淚水默默點頭。

忽然，女兒忍不住悲泣地說：「我們一定要救他，大正一定會好起來的。」郭馨心疼惜地拍拍女兒的手，即由兩位師姊陪著她去找醫生。

得知他們捐贈器官的意願後，醫生很快地請郭馨心簽署同意書；但想不到的是，簽完之後，醫生竟請他們回去，表示後續工作醫院會處理。

「可是，醫生，我兒子還沒往生……」郭馨心被醫生的作法嚇一跳，慌亂地大聲喊道；幾經溝通無效，她無可奈何地決定將兒子轉回臺北的醫院再試試看，經過師兄、師姊不斷地以電話聯絡幫忙，意識還很清楚的大正被送到林口長庚醫院。

同是慈濟會員的李石增醫師親自來迎接，他對郭馨心強調：「大正即使只有萬分之一的希望，我都會盡力救他，不會因為你們要捐贈器官而放棄救他的機會。」

心慟的悲泣

郭馨心每天利用醫院開放探病時間，與先生到加護病房探望兒子，心中的無助與難過一天比一天加重。她在心情感到脆弱的時候，就禮拜家中的佛菩薩，期望大正能奇蹟似地好起來。

一九九三年五月八日的晚上，是大正躺在長庚醫院的第十三天，身心俱疲的郭馨心從醫院回來，「媽媽，祝您母親節快樂！本來我們四個已商量好，要送您一件禮物，但因大正生病，也就沒有去買，這是我們三個臨時決定的，希望您喜歡。」在母親節前一天收到大女兒代表四個孩子，送她的一盆精緻小盆景，讓她感到一陣窩心，露出了許久不曾看見的笑容，對著女兒輕聲說了聲謝謝，想著孩子們是如此貼心孝順。

只是，這分喜悅卻在隔天母親節的早上，被一通緊急電話給吞沒了。

「媽媽，醫生說大正不行了，妳趕快過來……」

掛上女兒從醫院打回來的電話，情緒慌亂的郭馨心，與先生匆忙趕往醫院，途中她在車上播放著「地藏王菩薩」聖號的錄音帶，希望大正能跟著她一起念佛，她眼淚直流。

到了醫院，看到孩子身上的管子不見了，只剩下輔助呼吸器，而臉色已呈暗灰色，郭馨心看得心如刀割，忘了要幫兒子念佛，放聲大哭，扯著嗓子呼喊兒子的名字：「大正……」

含悲話別

「媽媽，妳不要這樣，大正會難過的。」女兒拉著她的手臂，輕輕地說。

郭馨心用力地噙住淚水，俯身靠近大正耳朵旁，要他跟著她一起念佛。不久，羅寶琴師姊帶著泰山區的師姊來幫忙助念……「捐贈眼角膜必須在六小時之內動手術，現在是否可以進行？」眼科醫生從郭馨心的背後輕輕拍了一下肩膀說，專心念佛的她睜開眼睛，緩緩回頭看著醫生，心情沉重地回答：「請讓我先跟兒子講幾句話……」

她面對著臉色已漸呈蒼白的大正，語氣溫柔，卻字字堅定地說：「大正，你常常捐血，是個熱心幫助別人的人，你這一生的緣已盡，現在就要離開，再去圓另一段的緣。你的身體還可以救人，這是延續你一向樂於助人的本性，希望你能學佛菩薩的慈悲，用歡喜心來布施器官，遺愛人間。」

每說一個字，郭馨心的心就跟著隱隱作痛一次，上人的話語——「人生劇本自己寫」，飄進她思緒紊亂的腦海裡。她想，如果這是她今生的劇本，她要用歡喜心將它演完，以期跟兒子結下來生的善緣呀！

然而，就在大正被送進去動刀摘除器官的那一刻，郭馨心在手術房外徹底地崩潰了。

行入菩薩道

如果不是身旁有著慈濟的師兄、師姊陪伴及勸慰，她不可能從崩潰中再站起來；如果她沒有進入慈濟，也永遠都不可能走出喪子之痛。

長得嬌小清秀的郭馨心，人生一路走來平安順遂。直到四十歲左右，因先生開設的公司經營出了問題而結束營運，她轉到一家外銷化妝品公司上班，幫忙維持家計。由於她認真負責的工作態度，深受老闆倚重，後來當上主管，待遇很優厚。

一九八九年三月的某一天，她在巡視生產線現場時，無意間聽到一陣非常柔和清妙的聲音，她被吸引過去，發現是一位同事正一邊工作，一邊聽錄音帶；她好奇地停下腳步傾聽，聽到其中一句：「聽經，不只要用耳朵聽，還要用心聽，不只用心聽，還要去做，否則就像一陣煙，風一吹就散了……」

這段話讓學佛多年的郭馨心，恍然大悟，想到自己聽了三十年的經，並未實際去實踐，真的就像一陣煙，聽了就忘了。如獲至寶的她，迫不及待地向同事打聽，才知那是證嚴上人所講述的《三十七道品》錄音帶，於是她歡喜地向同事借了錄音帶回家。

在家聽錄音帶的過程中，郭馨心愈聽愈敬佩，不由得想要看看「上人」。

她積極尋找慈濟志工幫忙，希望安排她去拜見上人；剛好有慈濟列車要前往花蓮，她立即報名參加，出發前夕，還興奮地睡不著覺。隔天隨大夥搭乘火車到花蓮靜思精舍，火車上有一群身穿藍色旗袍的志工，沿路熱忱地為大家倒水、送早點、帶團康，郭馨心看了不禁心生歡喜，當下默默發願，將來也要跟她們一樣。到了花蓮，見到身形瘦弱的上人，卻為苦難眾生做那麼多事，她打從心底佩服，追隨明師的心也愈加堅定。

郭馨心同時請購許多慈濟的錄音帶回家聽，覺得證嚴上人講的每一句話都很受用，她感受到一股與慈濟相見恨晚的感覺，於是開始積極參加慈濟的活動。最初，她只要到美容院洗頭，就告訴每個人，花蓮有一位師父要蓋醫院，需要很多、很多的善款，希望大家一起來幫忙。

「募款在於募心，一百元不嫌少喔！」她總是這樣跟人家說，頭一次募款就有七個人相信她，加入慈濟會員，她高興地自言自語說：「我的選擇真的沒有錯！」那年年底，她即受證成為慈濟委員。

真正的原諒

大正住在加護病房那段日子，不管是否認識，許多的師兄、師姊紛紛來到醫院，不斷安慰她和關心大正；而軍方、警校也不斷地派人來關心，並探問郭馨心和先生對此事的反應和賠償的條件，大正的爸爸說：「我們夫妻倆是證嚴上人的弟子，上人教導我們『普天下沒有我不愛的人、沒有我不信任的人、沒有我不原諒的人』，所以我們不追究任何人的責任。」大正的爸爸淡淡地說著。兒子出事以來他一下子老了好多。

停了半晌，他語重心長接著說：「每個孩子都是父母心中的一塊寶，如今不幸已經發生了，再爭論也無濟於事，希望大正是最後一個不幸者，期望他的犧牲能讓每個來這裡受訓的孩子，都能得到長官更多的關心和照顧，更希望醫官能用愛心發揮他們的良能。」

但是，一切來得那麼突然，郭馨心無法像先生那樣釋懷。羅美珠擔心她傷心過度，當時適逢上人行腳到臺北分會，於是帶她去請示上人。

「妳已經是佛教徒了，凡事盡人事就要隨緣。生死是一件自然又莊嚴的事，孩子如今已然沒有痛苦的感覺，妳不要為他增加苦念了……」

她若有所悟地把鎮日牽掛的心給放下，開始振作起精神去上班……但此時大正的同袍抱不平的訊息卻傳到她耳裡，原本不明就裡的她，這才知道大正的長官為了保護自己，想推卸過失的責任，將這一切的不幸歸究在大正身上，她氣得全身顫抖，彷佛一道道利鞭狠狠地抽在她身上，她問自己：「我已經選擇原諒了，為什麼他們還要將過錯推給已往生的孩子？我為什麼要原諒他們？」悲慟與憤怒，有如潰堤般，她因此病倒在床上。

「人命關天，怎可就此了事，你們慈濟雖然是在做善事，但也不能這樣……，因為他們延誤醫治，大正才會死掉，這事可用『因公殉職』處理，不能就此草草了事……」大正往生的消息傳出去，郭馨心的同事、親朋好友不能理解她以原諒的方式來處理，忿忿不平地抱怨著。

而另一方面，無數的慈濟師兄、師姊來助念結緣和處理治喪事宜，大正的同學、軍中兄弟也都趕來參加告別式……這兩方極端的關切聲音，讓郭馨心的一顆心，再度掀起波瀾，她二度去請示上人。

上人說：「若想為孩子爭，如今孩子已不在了，即使爭來了，對孩子也無益。是非止於智者，別人輕輕的一句話，到頭來自己煩惱。若是我們不爭，說不定他們對孩子的歉疚，會回報在關心別的孩子身上。」

「會回報在關心別的孩子身上……」她喃喃地不斷重複上人的這句話，一次又一次，一遍又一遍，慢慢地熨貼著她那千瘡百孔的心。

體悟生命價值

因大正的病例罕見，李石增醫師建議郭馨心捐出大正的遺體做醫學研究。幾週後解剖結果出來，研究過程編印成書，讓醫生們研讀。聽到這樣的訊息，郭馨心覺得孩子並沒有白白犧牲，她那原本空蕩蕩的人生，漸漸有了著力的方向，她不但不要讓大正白白犧牲，還要讓這一切的悲傷，變得有意義，她知道她應該怎麼做。

她在學校擔任輔導媽媽，將慈濟志工的真實故事，配合照片與學生分享，也把失去愛子的心境與孩子們分享，她不怕挑起傷口的疼痛，只期待每個孩子都能體會到「不要等到失去了，才懂得珍惜。」就像她的大正雖然離開了，她卻還有著其他兒女對她的愛，還有阿義……

大正往生十多年了，她還是每天到他的房間坐坐、看看，想著快樂的日子；想著：「在金門當兵的阿義，母親節這天要回來看我……」她不由自主地望向那一架老舊的模型飛機。一九九七年母親節這天，阿義從金門回來了。

「媽媽，這個禮物是我找了好幾家店才選到的。」聽到門鈴聲，起身去開門的郭馨心，被阿義躬身雙手奉上禮物的舉動逗得合不攏嘴：「哎呀，回來看我就好了，你又沒賺錢，不用送我禮物。」

「哎呀！這是替大正哥哥送的啦！」阿義邊打開盒子邊撒嬌地說。

從阿義手上接過大理石製成的吊飾，上頭刻兩朵相依偎的美麗康乃馨，握在手裡，冰冰涼涼的，好舒服，郭馨心心中百感交集，阿義是在大正往生半年後，走進了她的生命，他的出現，彷彿就像是代替大正的位置。

郭馨心抬起頭看著眼前這個高過她一個頭的孩子，她向前跨了一步，緊緊地抱著他，告訴他：「這禮物好漂亮！我很喜歡。」康乃馨在溫暖的掌心裡，栩栩如生。

〈輯三〉心轉境轉

簡春梅 ◎一九五〇年出生於桃園縣復興鄉，手足四人中排行老么，是父母唯一的女兒，備受寵愛。結婚後命運卻大不同，嫁做屠婦的她，歷經人生最殘酷的考驗——離婚、被毀容……直到遇見慈濟人，生命終見曙光，拋去愁容，重現歡顏。

歡顏

劉對

氣象預報颱風即將登陸，趁風雨還未變大之前，簡春梅趕緊批購一些雨傘販售，她都是下午五點過後，在百貨公司附近的店家門口擺地攤，賣些應景或流行的物品。

颱風天，春梅提早出門，身上穿著白底黑點的高領洋裝，衣裳是她自己做的，灰白的頭髮在後腦勺挽起髮髻，素雅的衣著打扮並不刻意遮掩她那被灼傷的臉頰和手臂。她走出臺北火車站；走過天橋，來到後站一家雨傘批發店，店門口擺了各式各樣的雨傘。春梅站在置傘的鐵架前，隨手翻看幾款樣式；年輕的店員拿著籃子從裡面走出來，笑盈盈地說著：「妳好久沒來批雨傘了，這次要拿多一點才夠意思。」春梅放了幾把雨傘到籃子裡，走入店裡，又挑選幾款較鮮豔的顏色，她指著籃內的雨傘對店員說：「我要這些款式的各三支。」春梅深信自己的眼光，她的選擇會是顧客的最愛。

付清貨款，她提起一大袋雨傘，又繞回原路，穿過火車站到前站等公車；因為搭公車比搭捷運便宜八塊錢，儘管雨勢愈來愈大，她還是選擇多走幾座天橋搭公車。

她一手撐傘，一手推著手推車，快步走著準備去擺地攤，轉出小巷子，迎面開來一部小貨車，駕駛探出頭來向她打招呼：「颱風要來了，妳這麼打拚，還出來做生意呀！」春梅回應道：「有出來就有機會，加減賣。」聲音輕得好像說給自己聽。

在百貨公司附近商家的騎樓下，春梅緊挨著騎樓的石柱旁，在地上鋪上一層塑膠布，將各種摺傘攤開排整齊，直立傘仍放在手推車的大水桶裡；「昨天生意怎麼樣？」春梅關懷地問著身旁一同擺地攤的朋友。

「不好，只賣三、四件。」

「有開市就好，卡贏無！」他們彼此打氣。

騎樓下，人潮來來往往，好不熱鬧，人人手上一把傘，看來大家出門都已經有了準備，春梅不著急，坐在自備的小竹椅上，輕輕揮動手中的小扇子，好整以暇地等待客戶光顧。

想起前不久才參加的小學同學會，她禁不住笑出聲來，想不到畢業四十幾年後還能和大家聚在一起，看到同學們一個個臉上都刻畫著滄桑的皺紋、花白的頭髮，春梅不由自主地輕輕撫摸自己那臉頰上滿布的傷疤，想著：「人老了，皮膚都會一樣又皺又醜，但是至少我到了八十歲還是不會變，頂多就是這個樣……」

憶兒時

簡春梅原本也有張白皙的臉龐……身為家裡的獨生女，擁有父母和三位兄長的疼愛，像小公主般被呵護了六個年頭。六歲時，媽媽因病往生，鄰人對爸爸說：「你一個男人要帶一群囝仔，太辛苦了！不如把阿梅讓給別人。」

「不行！阿梅是我唯一的查某囝仔，以後我死了，她要送我上山頭的。」父親鄭重地告訴鄰居。愛熱鬧的爸爸最怕死後冷清，沒有女兒「哭路頭」。

媽媽去世後，年幼的春梅開始學習家事，煮飯洗衣是分內事，偶爾也得到田裡幫忙，爸爸在山上有一甲多田地，種稻子、番薯，也種相思樹，因為山上水源不足，耕種不易，看天過日子的生活很艱苦。村裡的孩子多

2007年新店區慈濟委員培訓課程，簡春梅(右)現身說法。

簡春梅上街頭為南亞海嘯災民募款（上圖）。颱風下雨天，正是春梅擺地攤賣傘的好時機（右圖）。

數沒上學，春梅的父親卻讓他們兄妹都有機會讀書。

家住桃園縣復興鄉羅浮村，村裡沒有公車，沒有橋樑，唯一的學校在大漢溪的另一邊，她每天四點多起床，為哥哥們和自己準備四個便當，搭竹筏渡過大漢溪，再走一個多小時路程到學校上課，有時候遇到下雨天，溪水暴漲，竹筏停擺，她就必須繞遠路步行兩、三個鐘頭才能到學校。

學校後來免費提供營養午餐，交換條件是學生每週揹一擔柴給學校的廚房。營養午餐裡如果有爸爸最愛吃的糕仔粿或饅頭，春梅常常自己捨不得吃帶回家，因為她最喜歡看到爸爸坐在田埂上，高興吃饅頭的樣子；家裡窮，每天辛苦工作的爸爸經常餓肚子，把好吃的東西留給孩子吃。

有天早上，春梅穿好制服正準備上學，忽然聽見爸爸的哀叫聲，她趕緊往屋前的田裡跑去，看見爸爸跌坐在爛泥裡，一隻腳卡在犁耙下，大腿被刺了一個大洞，血水漸漸滲入泥濘中，而拖著犁耙的老牛仍奮力地往前走，眼看爸爸就要栽入田泥裡，春梅大叫一聲：「阿爸！」隨即衝進爛泥裡，使勁地將爸爸拉到田埂邊，再跑回村裡求救兵，經由衛生所醫師止血、消毒，才免去一場災難。

她一直是品學兼優的學生，卻在小學畢業後，沒有繼續升學，留在家裡幫忙農事，稍大時，村裡來了一批年輕的工人，他們要興建一座橋，春梅和爸爸一起去做臨時工。春梅因而認識工地裡的一個年輕人，彼此互有好感，父親卻堅決反對，只因為對方有很多兄弟姊妹，他擔心春梅嫁過去會很辛苦。孝順的春梅，一切都聽爸爸的，工程一結束，才滋生的情愫也無疾而終。

嫁做屠婦

春梅十八歲時，哥哥娶了嫂嫂，家事有人幫忙，她才開始學裁縫。青春年華的二十歲，正要展翼飛翔時，父親卻要她嫁人。父親種植相思樹，常有做燒炭生意的人上山來買樹。有一天，春梅到山上幫忙，一位客戶看見年輕貌美的春梅懂事乖巧，便積極向她的父親説媒，介紹他的親戚，「他是家裡的獨子。」那人特別地強調這件事，也正中春梅父親的心意，「這麼巧，春梅也是我唯一的女兒！」春梅的父親興奮地説著，他看怕了鄰里間妯娌經常吵架，擔心春梅被妯娌欺負，因此希望她嫁給單純的人家。春梅雖不太喜歡對方，終究還是順從父意，答應此樁婚事。

夫家住大溪，也是務農人家，春梅除了承擔所有家事，田裡粗重的工作一樣也不能少，想自己在娘家時，粗重工作有父兄擔待，在婆家卻樣樣要自己來，而兩位小姑只是飯來張口，什麼事也不用幫忙，春梅心裡開始不平衡，尤其婆婆常向外人數落春梅的不是，更令她生氣。這些她都可以忍耐，最無法忍受的是先生出手打她。

就在結婚一年後，先生即將入伍服兵役的前夕，整晚猛抽菸，一向最討厭先生抽菸的春梅屢勸不聽，伸手用力地抽掉他嘴裡的香菸，突然猛地「啪」一聲，先生憤怒地重重摑了她一巴掌。

春梅撫著熱熱的臉頰，心裡又氣又痛，從小到大不曾挨過耳光，第一次被打的委屈永生難忘，那夜她忿憤難眠，先生卻若無其事一覺到天亮。隔天，他入伍去了，把家計重擔丟給她一人去籌措張羅。為了維持一家六口生計，春梅必須更努力，除了下田耕作，還回娘家批一些桂竹筍，挑到大溪市集兜售；白天有忙不完的事，晚上還要照顧剛出生又整夜啼哭的女兒，經常累得身心俱疲。

兩年後，先生退伍回來，公公建議他接收才死去不久的大伯父的殺豬生意，一心只想做生意賺錢的春梅，也贊成先生殺豬，於是，家裡的後院成了「殺戮戰場」；每天傍晚時把抓回來待宰的豬隻關在後院豬舍，隔天一早三點多，夫妻倆合力扛豬、殺豬，春梅還須負責燒熱水，將整隻豬放入滾燙的熱水中，再一一刮除豬毛。

每天至少殺一隻，但遇到北部禁屠日，臺北的豬販會私底下到他們家殺豬，一時間血流成河，空氣中充滿血腥味，遠近都聽得到豬隻淒厲的哀嚎聲。曾經有一位朋友對她說：「妳最好吃素，否則會有劫數。」春梅卻想也不想地說：「哪有可能吃素？我們家是殺豬的。」她不覺得殺豬有何不妥，只是比較勞累罷了，加上三個女兒生下來都很難帶，專挑晚上哭鬧。

殺豬生意雖然好賺，錢卻留不住，家裡開銷經常入不敷出，諸事也不順心，不是老人家生病，就是小孩常發生意外，在平坦的路上走得好好的，也會莫名其妙跌倒，摔成骨折。先生的脾氣變得愈來愈壞，動不動就出手打她，春梅常常哭一哭就算了，然而先生卻變本加厲，出手愈來愈重，連他的豬販朋友都說：「阿興打老婆最狠，殺豬都還沒有這股狠勁呢！」

有一天凌晨，春梅才哄女兒睡著，自己也累得剛要入眠，先生就來叫她起床幫忙殺豬：「三點了，快點起來做事。」她勉力起身，眼皮卻累得撐不開，才坐在床鋪上稍延片刻，先生馬上拿一根粗竹竿，猛力地往春梅身上打。她抱頭哭號，公婆聞聲趕來，婆婆卻袖手旁觀，幫著兒子罵媳婦，只有公公以身擋住先生直落的棍子，生氣的先生像發狂的瘋子，打紅了眼，就連自己的父親，也照打不誤。

春梅逃回娘家，由於擔心父親難過，她不敢訴苦，只說回來看看，兄嫂發現她身上有七、八處嚴重瘀青，這才知春梅常常挨打受苦的事，縱然萬般不捨愛女遭虐待，為了顧全聲譽，父親仍然力勸春梅多忍耐，他總是說：「孩子都生三個了，凡事看開點，忍一忍就過去了！」先生事後也追到娘家表示歉意：「以後我再也不會打妳了。」

承諾維持不到幾天，他又故態復萌。有一次，村子舉辦迎神廟會，春梅的爸爸和親戚來作客，夫妻間因為一點口角，先生竟然當著大家面前，無緣無故又給她一記耳光。

這次春梅徹底心死，萌生去意，到處打聽資訊，得知只要有兩張驗傷單就可訴請離婚，但是當她請附近衛生所的醫師開立驗傷單時，醫師卻說：「我們勸和不勸離，如果開給妳，妳們家就會妻離子散。」春梅苦苦哀求，她不想再過這種日子，醫師終於答應開單。後來法院判決離婚，先生的條件是三個女兒都歸他，且不准她們母女相會。

飛來橫禍

離婚後的春梅離開故鄉復興鄉，這年她才二十九歲，隻身到臺北尋找自己的天空，暫時先住在哥哥家，幾個月後才在新店租房子，想念孩子時，便打電話或到學校偷偷探視她們。春梅憑著婚前所學的裁縫技藝，在當時著名的禮服公司上班。她技藝好、態度親切，贏得同事及客戶讚賞；有一位喪妻的同事非常愛慕她，百般追求，並出動兩位幼兒說情，終於打動她的心，她認真思考再嫁這件事，也開始對未來的日子描繪幸福的藍圖。

那個夏日的傍晚，約六、七點左右，春梅從禮服公司下班，和往常一樣，走在熟悉的回家路上，天空落起毛毛雨，她撐開一把傘，正要從永和中興路口轉彎，就在此時，身旁衝出一名頭戴安全帽，身穿雨衣的男子，將手裡的東西，正面朝春梅臉上用力潑去，她本能地用雙手抵擋，瞬間只感到臉頰及兩隻手臂劇烈刺痛，當場昏死過去。

醒來時，眼睛睜不開，朦朧中感覺有人直往她身上沖水，害羞的她想要拉衣服遮蔽身體，有人大聲地說：「不要遮了啦！救命要緊！」

她被送到醫院急救，因為她的血小板太少，血液無法凝固，需要大量輸血，醫師護士都捐血給她。幾次醒了又痛，痛了又昏，醫師發出多張病危通知給家屬……和死神拔河幾回合，她的病情終於穩定下來。原來她被不明人士潑灑硫酸，歹徒逃逸，是好心的路人將她送到附近小診所，醫師不敢收留，也沒做處理，再轉到大醫院後已經延誤了一個多小時，傷勢變得非常嚴重，三度灼傷的皮膚組織已經壞死，無法重生，必須動手術植皮。

她在加護病房住了三個多月，動過大小手術不下十次，臉頰及手臂上的皮膚都已壞死，必須割取全身唯一沒受傷的雙腿皮膚來修補。醫師將大腿皮肉一片片切下，在移到臉部之前，必須先清除壞死的皮肉才能修補，而要乾淨刮死皮腐肉之前，需要先把它們浸泡在一種刺骨的藥水裡，醫師再一塊塊地刮除。這種慘狀讓春梅想起和前夫在山上殺豬時，將豬隻泡在滾水裡刮毛的情形一模一樣，她驚覺——報應來得太快。

遇見菩薩

每一次開刀都必須插管，有一次，燒傷的嘴巴始終打不開，管子插不進去，醫師用盡全力也無法撬開，春梅的牙床被扳得快要掉下來，她淒厲地哀號著，忽然想起小時候，常聽父親説觀世音菩薩專門救苦救難，於是，春梅在心裡用力地吶喊著：「觀世音菩薩救救我啊！……」彷彿獲得回應般，當她這麼呼救時，朦朧間，眼前好像有一位慈眉善目的出家師父對著她微笑，她僵硬的嘴巴立刻打開，管子便順利插下去了。

春梅轉到普通病房又住了將近一個月，醫師說可以出院了。聽到可以出院理應很高興，但是春梅內心卻感到極端痛苦徬徨，擔心往後要如何面對別人的眼光……她好像已經看到一群人在她背後指指點點，對著她嘲笑的嘴臉。春梅不敢往下想，只想早早結束生命，但是想起年邁老父的叮嚀：「妳若比我先走，我死後就沒有女兒送我上山頭。」為了成全父親的願望，春梅強迫自己活下來，這時候她多麼渴望能有個妹妹可以代替她的位置。

出院後，她每天躲在家裡不敢見人，連最想念的三個女兒也不讓她們看到。而當初和她論及婚嫁的男人已不再出現，聽說已經另娶別人。春梅沒有責怪他，任誰也不會想和一個面目全非的人同眠共枕。她那張受傷的臉，沒有嘴巴，只剩下兩個凹洞；沒有眼瞼，睡覺時不能閉合，必須用紗布蓋著；下巴和脖子黏在一起，無法抬頭看人。有位朋友來探望她，鼓勵她到陽光基金會學繡花，會做衣服的春梅心想，繡花和做衣服有類似的地方，決心跟著去看看。在那裡她碰到人生第一個貴人——許鏡芳，她是教繡花的老師，也是陽光基金會的志工。

許鏡芳知道春梅喜歡拜佛卻不敢出門，於是常常藉口要春梅陪她到各寺院參拜，許鏡芳常和春梅說：「佛像要親自到寺院拜請才有誠意，才會有靈感。」目的無非是要引領春梅走出家門。許鏡芳知道她的醫療費用龐大，她總是請春梅幫忙做衣服，工錢也給得特別多，還把自己仍在使用的繡花車和繡花線一併送給她。春梅有時拒絕拿工資，許鏡芳溫言對她說：「現在妳有需要，就應該接受別人幫助，等以後有能力，再伸援手幫助別人。」春梅點頭，紅了眼眶。

經過許鏡芳的開導和鼓勵，春梅慢慢走出家門，只是出門一定戴帽子、口罩和眼鏡，遮遮掩掩地怕人看出她受傷的臉龐。當時正好發生轟動一時的李師科銀行搶案，每回走在路上，都會引來路人側目。

這種日子過得很煎熬，但是為了活下去，她硬著頭皮到禮服公司尋求工作，找些手工帶回家裡做，因此經常往返於公司和家裡。隔年的夏天，有一次，她又坐公車到公司拿代工，當車子快要靠站時，有一位婦人朝著她走過來，語帶關心地問：「這麼熱的天氣，妳為什麼還戴帽子、戴口罩？」一向不喜歡和陌生人打交道的春梅沒有搭理，她不想對陌生人重複自己的遭遇……

車子一到站，春梅馬上下車，婦人也跟著下車，還緊隨在身後，春梅覺得這個人太奇怪了，急著想擺脫她，沒想到竟聽到身後的陌生人誠懇地對她說：「妳如果有困難，我可以幫妳；如果需要皮膚的話，我也可以給妳。」春梅聽了大為震驚，心想捐錢助人容易，但割皮膚可是切身之痛，世上怎會有這麼慈悲的人呢？又不是親朋好友，只是在車上萍水相逢的陌生人……

這位婦人是慈濟志工林婉華，她鼓勵春梅再做整型手術，替她申請到慈濟醫療補助金，加上朋友的幫助，於是春梅又動兩次的整型手術，做了一個鼻子、一個眼瞼及修整嘴型，也割開脖子和下巴黏結的皮肉，終於讓頭頸可以旋轉自如，眼睛能自由張合，臉上傷疤的面積也縮減許多。

林婉華用心陪伴春梅，也常分享慈濟人的故事鼓勵她勇敢面對人生，帶她參加社區慈濟茶會，到慈濟醫院當志工，看到形形色色的病人，春梅深刻領悟生命的無常和脆弱，她慶幸自己還活著，還可以為別人服務，她要珍惜每一次付出的機會。

有一次到花蓮慈院當志工，她在志工早會時分享自己的故事，上人對她說：「好久不見了！妳要站出來多分享！」春梅愣了一下，心想：「我是第一次見到上人，他怎麼說好久不見了？」她看著似曾相識的上人面容，隨即想起住院開刀時，在意識模糊間出現的那位慈眉善目的出家師父。

現身說法

春梅在慈濟人的關愛下，已經卸去帽子、口罩，並常常以自身的經歷，勸人齋戒素食：「不要貪圖一時的享受，為滿足口腹之欲而殺生造業，因緣果報，看我就知道。」她也勸勉社會邊緣人，勇敢面對生活挑戰：「像我這樣悽慘的人都能活下來，你們還有什麼難關不能過？」春梅積極參與慈濟活動，卻一再拒絕林婉華建議她出來參加培訓慈濟委員，她仍然擔心自己的樣貌會影響勸募結果。直到林婉華生病住院時，春梅到花蓮慈院探望她，林婉華又提起此事，春梅脫口而出安慰她：「師姊，妳放心！我會接下妳的棒子。」口頭上做了承諾，心裡卻一點把握也沒有。

然而，話一旦說出口，便無反悔的理由，她決定踏出募款腳步，不讓恩人林婉華失望。而不可思議的事也發生了，從醫院回家後，無論是搭公車，或走在路上，都會有人主動過來問穿著慈濟志工制服的她：「妳是慈濟志工嗎？我想繳善款給慈濟。」這些自動找上門的會員，給予春梅很大的信心，於是她接受培訓，二〇〇一年受證為慈濟委員。

當年對她潑灑硫酸的那個人，她到現在還不知道是誰，起初春梅很怨恨：「為什麼是我？我不曾與人有過深仇大恨啊？」

與其每天怨嘆自己何其不幸成了別人的代罪羔羊，現在，她想通了，就當對方是「認錯人」，也許是上輩子欠他的，今生理應歡喜償還。

原諒結善緣

一九九二年的某一天，住在復興鄉的父親，走路要到廟裡找人聊天，就在半路上，一部轎車突然猛烈倒車撞倒他，造成重傷。肇事者是個大學生，放暑假到拉拉山玩，由於不熟悉路況，車子又是借來的，以致將前輪駛入路旁淺水窪裡，他一緊張猛踩油門倒車，卻撞上車後的人。緊急送醫後，父親一直昏迷不醒，春梅的二哥辭去工作，日夜照顧守候。

從小失去了母親，父子間感情緊密深厚，二哥除了當兵期間，從不曾離開父親，看到一向硬朗的老人家，如今躺在醫院受苦，他悲痛欲絕，無法原諒肇事者，堅持提起告訴。

孝順的春梅雖然傷心，但是學佛的她知道因緣觀，奉勸二哥：「事情已經發生了，就不要再追究，不要再結惡緣。對方不是有意的，他也很懊悔。何況他還只是個孩子，如果被關，對他的前途會有很大的影響。」但是二哥聽不下去，甚至情緒激動到昏倒，醒來後，春梅請侄子載二哥回家休息。

回到家的他躺在床上輾轉難眠，妹妹春梅的話不斷盤旋在他腦海裡，心情激盪起伏，他想原諒年輕的肇事者，卻不捨奄奄一息的父親，紛亂的思緒讓他備受煎熬，一直到深夜才漸漸睡去……

隔天，二哥回到醫院，他對春梅說：「我找到一個圓滿解決的方法，我要收那個肇事的孩子作乾兒子。」春梅聽了嚇一跳，對二哥的改變既驚訝又歡喜，在她的追問下，他緩緩道出原由：「昨天我夢到一位佛菩薩告訴我：『你的父親歲壽該終，他注定半路得孫。』……遺憾既已造成，與其彼此痛苦，不如放下苦惱結善緣。」經過對方父母的同意，二哥買了一只戒指送給年輕人，正式收他為義子，從此兩家結成親戚，經常保持聯絡。

知足人生

整型後的春梅，在住家附近的禮服公司上班，每天省吃儉用，將省下的錢部分捐給慈善機構；自己買衣料，縫製花童小禮服，提供給慈濟辦活動時義賣，她常常連夜趕工，還是供不應求，在動物園、臺灣大學都有她義賣的足跡。幾年後，她辭去工作，在繁華的臺北東區，一間家庭式店面修改衣服，看到對面騎樓下有人擺地攤，她也試著賣自己做的衣服，生意竟然好到來不及出貨，才想到直接批貨來賣，有時候也賣些帽子、雨傘、襪子。

除了參加慈濟活動，其餘時間她就擺地攤做生意，每天為了省下八塊錢，甘願繞遠路搭公車，自己帶便當，就因為捨不得多花一毛錢。她寧可吃苦，也不願申請政府一個月六千元的殘障補助金，春梅想：「拿人家愈多，欠人的債也愈多，自己還挺得過，應該留給真正需要的人。」十多年前，在女兒的建議下，她貸款在中壢買了一間房子。

擺地攤的收入不穩定，有時候一天賣不到一百元，春梅的收入除了支付生活費及房貸款，心中還有一個願望，就是存一百萬元捐給慈濟做善事，明知此舉是自不量力，但是她相信事在人為，也努力開拓財源，更加勤奮擺地攤，就連大年初一都捨不得休息，有時候到新店慈濟醫院當志工後，就直接到臺北市區做生意。

自從發願要捐一百萬元後，她覺得好運接二連三出現，例如有一次，她買了一批帽子，全部售完只剩一頂特大號，正愁賣不出去，突然有人跑來問她：「老闆！有沒有大一點的帽子？」。而尺寸剛剛好適合客人；又有一次，她想買一輛腳踏車代步，好方便到慈濟中壢園區當志工，適巧里長新購一部摩托車，舊的腳踏車正想送人，春梅就歡喜接收下來；而當她計劃買一臺果汁機時，一位慈濟會員來電說要搬家，有八成新的果汁機問她要不要，春梅為此暗喜不已。

二〇〇五年，她存足了一百萬，正要拿去呈給證嚴上人時，一位慈濟志工好心地建議她：「妳應該先還房子的貸款。」春梅毫不考慮地回答：「人生無常，不知還有沒有明天，如果不趕快圓滿心願，心裡會一直罣礙不舒坦。」當春梅獻上善款時，上人慈悲地一再問她：「這樣做會不會影響到妳的生活？」她的虔誠與堅決，也終於了卻多年來的心願。

多年過去，春梅已了無牽掛，三個女兒中有兩個女兒已經結婚，各自有自己的事業，二女兒還幫她還清房子的貸款，現在春梅和最小的女兒同住一起；婆媳之間的嫌隙早已修合，她由衷感恩婆婆替她照顧撫養三個女兒，常常親手做衣服孝敬老人家，樂得婆婆直誇她是好媳婦。二〇〇八年四月，在大女兒公公的告別式中，看到三十年不曾相見的前夫和他的太太，春梅沒有過去打招呼，只是真誠地在心裡默默祝福他們幸福。

她白天到中壢園區照顧親手栽種的蔬菜水果，除草、施肥、澆水……每當蔬果成熟時，除了供應園區的廚房，還可以義賣，日子過得美好又充實。她的有機蔬菜很受歡迎，常常被搶購一空，這時候，春梅心裡就有滿滿的幸福。

「春梅！想什麼事這麼開心？生意上門了！」隔壁賣衣服的攤販大聲喊著，她從回憶裡回過神。客人已經選好一把傘：「老闆！我買這把傘，多少錢？」

「一百元。感恩您！」春梅大聲回應著，臉上的笑意更濃了。

林金福 ◎一九七〇年生，在兄弟姊妹六人中排行第五。父母為了醫治罹患腦瘤及患有精神病的兩個女兒用盡積蓄，十四歲的林金福選擇就讀士官學校減輕父母負擔。退伍後，他接手岳父經營皮蛋、鹹蛋的工廠，誰知不到幾年，負責管理財務的妻子才告訴他：負債千萬；此後他的人生就如「屋漏偏逢連夜雨」，而身邊最親的親人，竟是傷害他最深的人。

苦盡甘來一身輕

阮昭信

「金福，你不要生氣，我跟你說，爸爸收到親戚的支票已經接連跳票近千萬了……」妻子蔡佩容面帶愁容，小聲哽咽地對著丈夫說。

聽在林金福耳裡有如晴天霹靂，他之前已警覺到生意上的往來有一點不尋常，也發覺這幾天掌管財務的妻子好像刻意避開他，但萬萬沒想到事態會這麼嚴重，他內心涼到發麻，面色鐵青，狠狠地瞪著妻子說：「負債那麼多不早說，怎麼還？」

暗夜，三角窗屋子的騎樓，在前方路燈的照耀下，顯得更加灰暗。林金福高瘦的身影，靠在柱子旁，手上的香菸，煙霧徐徐向上飄過他深鎖的眉頭，停滯的眼光許久不曾移動過，在軍校時練就堅挺的肩膀，不知何時已變得鬆垮，看起來有些駝背。他想不透，才幾年的時間，負債為什麼會那麼多？終日沮喪的金福，藉著抽菸、喝酒，想紓解一連串的壓力，卻於事無補，夜夜難眠的他無助地獨自思索：「這樣的人生要如何過下去……」

美夢幻滅 背負一身債務

林金福的父親早年隨軍隊來臺，退伍後在酒廠上班當廚師，生活方面無憂無慮，但自從二女兒與四女兒出生後，美滿的生活起了變化；二女兒患有精神分裂症，四女兒罹患腦瘤，夫妻倆為此不斷地尋找名醫，龐大的醫藥費幾乎拖垮一家人，家裡又常遭淹水之苦。當時年僅十四歲的金福一方面為了減輕家裡的負擔，另一方面自己也不愛讀書，於是就選擇讀軍校。

軍中生活規律，不愁吃穿。一九九四年，經由同事介紹，他認識了蔡佩容，經過一段時間的交往，尚未退伍，兩個年輕人就結婚了。此後，他常利用晚上時間幫忙岳父載運雞蛋到店家，結下後來賣雞蛋、鴨蛋的因緣。

林金福原本以為不愁退伍後找不到工作，哪裡知道幫岳父做生意，竟是一個永遠填不滿的無底洞……

結婚三年後，職業軍人退伍的金福，雖然有抱負卻沒有一技之長，在妻子提議下，接手岳父鴨蛋加工廠的生意。

岳父經營的工廠雖然稍有負債，但金福還是決定嘗試經營。他心想：「不需多久應該就可以把債還清了。」然而，人算不如天算，事情並沒有想像中那麼如意。

金福將他的退伍金與多年的積蓄全數投入鴨蛋加工廠，想趁年輕好好打拚一番。本想岳父做雞蛋買賣生意，他接下岳父的鴨蛋加工廠，製作皮蛋、鹹蛋，賺取工錢，應該穩賺不賠，可他並未料到當時商場的情況。

岳父的工廠為舅公的票據背書，給的空白支票連續跳票，整疊的支票變成了「芭樂票」無法兌現，被倒債一千多萬元，岳父承擔票據背書責任，賣了四棟房子仍還不清債務。

新手上路的林金福不諳商場爾虞我詐與人為因素，雖然本身沒有虧錢，但一連串岳父票據背書的連鎖效應與利息，讓他在兩年內血本無歸又負債一百多萬元。

正當夫妻倆憂愁負債的同時，岳父在醫院又檢查出腎臟病，必須立即洗腎治療，岳母為了要照顧生病的丈夫，交代女兒接管財務，佩容這時候才知道，原來家裡還有更多她不知道的債務。

滿載著一車資源回收物，林金福的內心也是幸福滿滿。

從付出中賺得歡喜，林金福汗流浹背也樂在其中。

身心俱疲　全家愁雲慘霧

從此，每每收到手的貨款，現金一萬、兩萬元，就要應付銀行的「三點半」。每月的生活費幾乎全部都要拿來還債，跑三點半更成了家常便飯，一家三口曾經因三餐不繼，還要靠在學校當廚工的大姨，將營養午餐的剩菜打包回家，才能勉強餬口過活。沉重的壓力慢慢造成金福心理不平衡，他埋怨都是妻子一家人害了他。

然而，每天看到金福冷若冰霜的佩容，暗地裡非常傷心難過，她也想與金福「打拚」還清父母所拖累的負債，想到父母養育她這麼大，在這艱困的時候怎能不幫他們呢？也因為沒考慮到丈夫的立場，更沒取得他的諒解，夫妻間的感情漸漸失和……

這段時間，金福又負責照顧有精神分裂症的二姊，有一次，佩容因為沒錢買菜、繳水電費，擅自挪用了二姊精神障礙的補助金，這件事被金福知道了，氣得拿著刀子追殺佩容，一路追到木板牆邊，左手緊緊扣壓住佩容的右手，眼露兇光，兩眼直瞪一臉無辜的妻子，就在金福揮起刀子的剎那，腦中閃過一個念頭：「她也是將錢用在生活上……」他的氣憤難消，狠狠地將刀子插入牆上，痛罵佩容一頓後離去。

佩容覺得自己很委屈，為了解決沒錢吃飯的難關，先挪用二姊的補助金並沒有錯，以致夫妻倆幾乎天天都因生活難過而吵架。

二〇〇〇年，工廠資金開始緊繃，漸漸地周轉不靈，因負債而苦悶至極的金福，壓力大、工作又粗重，工廠只有他一個人，他一次要拉好幾簍的鴨蛋，這幾簍鴨蛋疊在一起有一百多臺斤；長久的勞心勞力，讓他的體重從七十公斤，減輕至五十二公斤。

鬱悶的金福，花錢買酒消愁麻醉自己，喝酒、醉酒是常有的事，也經常為一點點小事就與妻子吵架，偏偏三歲多的兒子在此時又常吵鬧，金福暗想：「別人有兒子，心中都是充滿喜悅，而我心中卻是充滿煩悶，還要籌措兒子的教育費、生活費，這日子要怎麼過？」

壓力愈來愈重，金福漸漸失去理性。有一天，還不懂事的兒子因故吵鬧，他積壓許久的怒氣終於爆發出來，發瘋似地大聲吆喝：「叫你不要吵，你聽到沒！」受到驚嚇的兒子哭鬧得更兇，按捺不住的金福，抓住兒子的雙手以狗鍊將他鍊住、上鎖，並把鑰匙丟到附近的草叢裡，當時在一旁的佩容雖然不捨，也不敢插手，只能暗地裡哭泣，她利用金福外出時才找回鑰匙，將鍊住兒子的鎖打開。

母親訣別　哀莫大於心死

已被債務纏身的金福，尚未擺脫經濟窘境，經營臭豆腐大盤生意的弟弟又傳來被倒八百多萬元的債，還為了躲債而「跑路」經常不在家，因而每天都有人打電話或到家裡要債。

有一天，金福接到母親的電話：「金福，以後你不用再寄給我生活費了，你要把家庭照顧好，不用再擔心我，我應該不會再用到錢了！」委屈的聲調，讓他直覺這是不祥的預兆。

從那通電話以後，金福就再也沒有母親的消息。這天，他打電話過去找不到人，急得如熱鍋上的螞蟻，他知道和弟弟同住的母親禁不起債主三番兩次登門討債，她看在眼裡卻無法幫兒子解決，時時刻刻提心吊膽，日積月累下來，唯恐她會有輕生的念頭。

金福擔心母親會想不開做出傻事，急急忙忙打電話給弟弟詢問到底發生什麼事，他才吞吞吐吐地說：「那天我跟媽媽吵架，可能我口氣不好，她才會離家。」內疚不安的弟弟說已經報警協尋了。

自從金福的弟弟娶妻生子後，母親不只照顧孫子，還幫忙做臭豆腐工廠的工作；到了此時此刻，她依舊維護著小兒子，怕金福會質問弟弟，也沒有把全部原因說出來，獨自悶在心裡，無法解脫內心的枷鎖，她離開家，傷心欲絕……

警方在里長辦公室看監視錄影帶時，看到金福的母親用手不停擦拭著眼淚坐上公車，車子開往淡水方向。擺脫不了死神的追魂，她從臺北淡水河一躍而下，七天後家人才得知死訊。

在金福的記憶裡，母親常說：「如果有下輩子，希望自己是一隻小鳥，可以自由自在在天空飛翔，沒有任何煩惱。」

當母親的死訊傳到高雄時，與金福住在一起，從小罹患精神分裂症需要藥物長期治療控制的二姊，難忍喪母之痛再度病發，哭喊著：「阿母、阿母，為什麼要自殺？」她神情呆滯地在房間裡，右手拿打火機點火，很多的紙張在垃圾桶旁，說是要「燒金紙給阿母」，還好她看到火太大知道要滅火，引來家人關注，否則，可能讓全家人無容身之處。

金福哀傷之餘，又要兼顧常躲在陰暗角落哭泣的二姊，他晚上甚至不敢上床睡覺，全心看顧著二姊，害怕她再做出傻事把房子燒掉。

二姊的病況因藥物的控制得以穩定下來。欲哭無淚的金福，怨懟最親的人傷害他最深，使他有苦難言。每當夜幕低垂，心力交瘁的時候，他就騎著老舊的摩托車，幾度徘徊西子灣的海邊，內心深處一個念頭時常圍繞著他——追隨老母親而去。

心情盪到谷底的金福，在一個沒有月亮的晚上，慫恿二姊一起到住家頂樓「看風景」，看了不久，金福哭著對二姊說：「二姊，我們一起從十一樓跳下自殺好嗎？死後一了百了，不必在人世間承受這麼大的痛苦。」還好，二姊因為害怕，堅持不肯跳樓，才免於一場悲劇的發生。

求神問卜《靜思語》解錮

妻子佩容看到金福如此頹廢、消極，不是借酒澆愁、醉生夢死，就是一副死氣沉沉的臉色，勸也勸不動，加上孩子多病又經常吵鬧不休；她的精神壓力也大，時常氣得與金福吵架，還鬧著要離婚。

後來，佩容在朋友的提議下，想要尋求宗教的力量，來化解心中的鬱悶。她有意無意地邀金福跑了多處的寺廟，燒了很多的金紙祈求神明保佑，化解冤親債主，並尋求通靈之法。一路來的追求，仍無法尋得心靈的慰藉，也無法解開心結。

生活依舊在心靈空虛中持續過著。有一天，佩容幫母親送貨給經營芋圓生意的慈濟志工張麗仙。張麗仙在言談間發覺她心地善良，於是向她談起慈濟，希望她加入慈濟會員；佩容覺得慈濟的理念不錯，一口答應，馬上捐出三百元成為慈濟會員。

回到家，她很高興地將此事告訴金福，卻被臭罵了一頓：「我們現在欠人家那麼多的債務，還沒有能力還，妳還要去幫助別人，講什麼笑話？」

佩容與麗仙多次接觸後，才得知母親早已是慈濟會員；麗仙也鼓勵她：「妳們是為善的家庭，求神拜佛虔誠恭敬就好，不要追求通靈，這終究不是擺脫心結的辦法。」

由於負債的壓力，佩容希望金福早上經營早餐生意，而中午佩容去安親班上班補貼家用；也因為剛去上班，對於如何教育孩子還不是很了解，所以她想去學習如何帶小孩、管教家裡的兒子，藉著這個機會佩容進入慈濟，在社區的環保站參加大愛媽媽成長教室。

在那裡，她接觸《靜思語》教學，受益良多，無形中也影響了她的人生觀。她覺得《靜思語》不錯，所以買了很多證嚴上人的書回家，更經由麗仙的引導，進一步地了解慈濟的救世理念。

佩容開始每天利用時間看證嚴上人的著作《生死皆自在》、《靜思語》，也看慈濟大愛臺電視劇，戲裡面的一句話：「吃苦才能了苦。」讓她感觸頗深；一直以來，對於娘家的負債帶給金福困境的不公平，她時常感到懺悔，也將自己禁錮其中，此刻，她知道下一步該怎麼做了。

佩容開始做早課潛心禮佛，為金福祈禱祝福，除了不跟他硬碰硬地爭吵外，也漸漸地改變自己內柔外剛的個性，並在有意無意間把佛經、佛書、《靜思語》放在他可以看到的地方。

常在樓上閉關「修練」通靈之法的金福，有一天，飯後之餘與佩容一起看電視，大愛電視臺正播出證嚴上人的開示：「人的快樂不是擁有得多，而是因為計較得少。」頓時，金福若有所悟，覺得愈是計較不甘願，他內心的折磨就愈大。由於他對證嚴上人「簡易佛法」的好奇，閒暇時開始接觸慈濟與佛教的書籍。本性善良敦厚的他，當翻到《靜思語》書裡的一句話「能捨才能得」，終於對於加入慈濟當會員這件事不再埋怨了。

過去當金福工作很累時，就會怨恨造成他負債的妻子，漸漸接觸上人的《靜思語》，其中一則：「生氣是拿別人的錯誤來懲罰自己。」讓他不斷轉心境，才使一直跟著金福情緒起起伏伏的佩容與兒子，獲得解脫。

甘願歡喜　把握當下行善

金福不再自怨自艾，深信只要不計較，要求少一點，日子仍然可以過得很好，於是決定退出鴨蛋加工廠的經營，勇敢面對未來的挑戰。他與佩容的姊弟們分攤岳父的債務，趁著還年輕，努力賺錢還債。他不斷改變做生意的方式，做中西混合早點、賣肉圓、蚵仔麵線，每天賣力地工作。

早點生意做到九點，九點後中午前的這段時間，一有空檔他就看證嚴上人的書籍。有一天，他無意中看到書裡的一段話：「歡喜還，打八折；不歡喜還，就加利息。」他明白了因緣果報不變的定律，開始以歡喜的心態去償還債務。

「欲知前世因，今生受者是」，由於佛法的洗滌，金福看到社會上很多人受了打擊都不一定會自殺，為什麼偏偏母親會自殺呢？應該是前世種的因，雖然她的自殺對金福的打擊很大，但後來想「天天傷心，不如日日行善」來得實際，他要用做功德回向給自殺的母親，也憑藉著這股力量堅持做下去。

在麗仙的先生劉錫興的帶領下，金福從喜捨環保站做環保開始參與，暫時離開心煩的人事物，錫興也常用「甘願做，歡喜受」來引導金福轉變心念。

佩容在加入「大愛媽媽成長教室」研習後，也學到很多，夫妻的心靈漸趨契合，兩人同時參加了二〇〇五年慈濟的見習培訓課程。

金福自從加入慈濟志工後，在做環保彎腰撿拾垃圾中體悟人生，學會用謙卑的態度與客人相處，生意因此開始順遂，印證上人說的：「福從做中得歡喜，慧從善解得自在。」隨著時間的流轉，他慢慢地還了部分債務，也不斷開闊心的境界，學會如何轉念，讓人際關係變得更好。

為了挪出時間做慈濟，金福收掉必須從早忙到晚，但生意不錯的早餐店。他利用早上的時間做環保，下午則回到老本行賣雞蛋、鴨蛋。他把家裡當作是小型回收站，開著賣蛋的貨車，沿街撿拾紙箱、寶特瓶、飲料罐等可回收的物資回家，然後分類堆積在騎樓上的角落；曾經有一天，因為天氣太熱，外出回收的載運量與行程太多而中暑送醫，金福卻樂此不疲！

雖然生活中還有負債，做生意的時間少，收入就少一點，但金福不以為意，他覺得這些少賺的錢，可以從生活中節儉、減少消費累積起來。

放下怨懟　從此輕安自在

每天從自家省水、省電開始做起，飲食方面從少肉食，轉而吃素，培養自己的慈悲心，經過時間的淬鍊，金福的心境已較為平靜，藉著心態上的轉變，對於不能原諒家人的心結也一點一滴地釋懷。

二〇〇六年，金福與佩容加入慈濟慈誠、委員的培訓。正當要培訓時，不幸的事情又降臨……

金福的父親在臺北的醫院檢查罹患肝癌，經西醫幾次的治療後，決定改用中醫來醫治；起初，以為中醫效果還不錯，老人家不曾喊痛，也沒症狀，但是，本來就貪於杯中物的父親，在老伴去世後，覺得孤單無伴，傷心之餘，每天喝酒消愁解悶，漸漸地使病情加劇……

在金福的記憶裡，愛喝酒的父親喝完酒就常與母親吵架或打孩子出氣，他常會刻意避開父親，以致和父親相處的時間很少，彼此之間並沒有很深厚的感情；母親跳河往生後，他自責對母親已來不及盡孝道，內心感到十分愧疚，「人的一生不是只有為錢財而已，行善行孝不能等啊！」金福謹記上人的話——「造福才能還業債」。金福再也不願意錯過盡孝的機會，聯絡哥哥後，把父親接到高雄照顧。

有一天，父親出現血便、腹部積水而住進了醫院，醫生檢查出是癌症末期，必須住院治療。住院期間，金福望著病苦而翻來覆去的父親，隨著病況逐漸嚴重而引起併發症，導致靜脈食道瘤的擴大、腎衰竭等，而他什麼也不能做，只能與大姊輪流在醫院照顧，陪伴沒有辦法靜心入睡的父親。

「金福，為什麼你母親自殺走得這麼輕鬆，我就要受那麼多的病苦呢？」父親對他說著。

彌留期間的父親，常看到老鼠在病房裡跑。金福知道父親年輕時喜愛吃小老鼠，當兵時，是「伙頭軍」（廚房廚師），天上飛的、地上跑的，什麼東西都吃！在住院期間，金福與大姊盡心為父親誦念《地藏經》，並勸慰老人家多念佛，為他所造的殺業消業障。

父親就在金福為他持誦《地藏經》與虔誠念佛聲中安詳地走了。

父親的往生讓金福更加思念母親，他懊悔自己真是不孝，若當時發覺母親不對勁，趕快打電話詢問小弟，勸說母親，或許母親就能避過此劫……不斷的自責中，他更不能原諒弟弟，心裡早就想痛罵他；金福生意失敗後，曾經以過來人的經驗，希望弟弟不要把生意擴充太大，但是他聽不進去，以致最後血本無歸。

母親生前，他常罵弟弟：「阿母只生兩個兒子，她就要一直幫你做事、照顧孩子，你不能讓阿母享享清福嗎？」

沒想到一生含辛茹苦的母親，卻因和弟弟吵架而跳河往生。加入慈濟這些日子來，看到上人開示「普天三無」：「普天之下沒有我不原諒的人，普天之下沒有我不愛的人，普天之下沒有我不信任的人。」讓金福學會放下，也知道這輩子的劇本是上輩子就已寫好，凡事都有因果。

沉思一段時間後，金福深信弟弟會負債那麼多，也是想多賺錢讓父母過更好的日子，有什麼理由責怪他呢？金福除了每天誦《地藏經》回向家人，在進出門口的地方分別貼上《靜思語》：「原諒別人，就是善待自己。」「生氣是拿別人的錯誤來懲罰自己。」藉此提醒自己。

金福不但原諒佩容娘家，也原諒一時犯錯的弟弟，從當初理直氣壯的責備，轉為心平氣和的開導，並以上人的法語幫弟弟改變心境。

清晨的曙光，映照著向東的房子，金福陪兒子騎完腳踏車，在住家房子前玩跳繩；親子雙人輕盈的跳躍腳步，和諧地跳脱出往日打罵教育的陰霾。此刻，他的身心靈，就像手中規律晃動的跳繩般，輕盈又自在。

葉明鴈 ◎一九五五年生於臺北市，二〇〇三年受證成為慈濟委員。未出生前，父親即因颱風夜外出，不慎觸電致死；母親為養家活口而到酒家上班，後來染上賭博惡習。十三歲，她被賣到酒家償還母親欠下的龐大賭債；二十歲時，以為找到了好的歸宿，卻事與願違，只好窩在社會底層卑微地生活著……

穿雲鑲日曦相迎

曾鉦傑、張卉湄

葉明鴈坐在電腦前面，看著自己照的相片，滿意地笑了笑；雖然只讀到小學五年級，但學來的注音符號，正好可以用來打字。

她在很短的時間內學會電腦、上網和攝影，最後完成以照片為主、簡短文字解說為輔的活動紀錄檔案。她愈來愈有自信，就像當年第一次當選模範生一樣，神采飛揚……

繳不出學費的班長

一九六五年，剛升上小學四年級的明鴈被推舉為班長，她不僅品學兼優，更當選過模範生。由於個性非常好勝，在學校的表現很優異，卻因每次都不能準時繳學費，便遭來老師的冷嘲熱諷；放學後，她只好硬著頭皮告訴阿公，然而阿公卻說：「去找妳媽媽要。」

為了學費和生活費，明鴈只得穿過熱鬧的重慶北路，來到江山樓附近的一戶酒家。每次來，媽媽不是正在唱曲就是與酒客喝酒，她總是乖乖站在門口等待；直到媽媽瞧見她出現，找空檔將錢塞給她；母女倆不曾在這種場合交談過。

她個子嬌小，得站在矮凳上才能炒菜，卻能煮出有模有樣的飯菜。餐桌上通常只有阿公、阿嬤、同母異父的弟弟、妹妹和她共五個人用餐。媽媽總是在深夜時分帶著一身酒氣、歪歪斜斜地拎著高跟鞋進門，然後倒頭就睡；隔日明鳫上學時，媽媽尚在睡夢中，母女之間甚少有談話的機會。日子就這樣不斷地重複著。

當明鳫升上五年級，為了學費又得再上演一次被揶揄的窘狀。依然是班長的她，在自尊心的驅使下，做了重大決定——五年級讀完就休學，不讀了。

五年級的暑假結束，明鳫一如往常做早飯、整理家務，正當擦拭門窗時，看到路上同學們高高興興地去上學，內心的失落感油然而生。她實在很想上學，但一想到老師那張瞧不起人的嘴臉，心又冷了下來。

在家裡待了幾個月，明鳫經人介紹到附近工廠當童工。一天，當她下班回到家正準備要做晚飯，阿公來到廚房吞吞吐吐地說，她的媽媽因為賭博輸了很多錢，希望她能到酒家當服務生幫忙家計。此話一出，讓明鳫驚得心慌意亂，「不可能！不可能！」她失控地大吼；阿公沒再說什麼，轉身離開。

葉明㵾站在高處，為捕捉美麗鏡頭。

葉明鳫是慈濟人文真善美攝影志工，在海報前留影（上圖）。葉明鳫在花藝旁留影（右圖）。

媽媽為了償還賭債，逐漸將一些男客人帶回家過夜。有一次，一名客人趁媽媽熟睡之際，偷偷跑到明鳫的房裡，還好被她機警躲過。之後，一到半夜，她就睡不著覺，甚至經常莫名地驚醒，儘管心裡很難過，卻又不敢告訴任何人。她心想：「我不想再過這種日子了，也許離家去當服務生會比較好吧！」

已經向明鳫勸說多次的阿公，這天又來到廚房，未等他開口，明鳫面無表情地對著一把青菜說：「服務生的事，我答應你！」說完便拿起菜刀將青菜俐落地切完，再順勢端起砧板，用手一撥，將青菜全數推入冒著油煙的鍋子裡。鍋內發出嗶嗶啵啵的聲音，就像明鳫飽受煎熬的心一樣，「以後還有什麼未來？」想到這裡，積聚在眼裡的淚水，頓時奪眶而出。

被推入火坑的小不點

聰明伶俐的明鳫，到酒家當服務生後，很快就學會各種酒拳和酒令；

慧黠的大眼睛、清秀的外貌，加上童稚般的歌聲，沒多久就成為酒店內的紅牌「小不點」。她忙著喝酒賺錢，媽媽和阿公則經常到酒店借錢。

一回，阿公拿了錢正要走，明鳫心急地跑向前，雙手一攤攔住他的去路，邊哭邊問：「阿公！你和媽媽經常來拿錢，我要還到什麼時候才能回家呀？」阿公嘆口氣說：「妳聽我說，妳阿母一身賭債，靠她自己根本還不完，若不是妳，她現在早已經被人家剁手剁腳了。現在阿嬤生病，我沒辦法才來借錢，妳弟弟、妹妹也要繳學費，家裡真的需要錢啊！」

明鳫想到自己因為沒錢繳學費被老師嘲笑的景象，捨不得弟妹再有相同遭遇，她拉著阿公的手說：「阿公，你快回去吧！好好照顧阿嬤和弟弟妹妹，我會努力賺錢，讓你們過好一點的日子。」

穿著與年紀完全不搭調的華服，明鳫揮手向阿公道別，落日餘暉將她的身影拉得好長、好長，顯得異常孤單……

還未成年的小女孩，每天一、二十桌酒檯，想不醉也很難，只要她喝醉，老鴇就打她，不接客也打她。這種醉生夢死、毫無人性的日子，實在無法再靠划拳、喝酒來宣洩。想起讀書時，老師規定要每天寫日記來鍛鍊寫作能力，於是她悄悄地開始依靠寫日記來抒發情緒。

「酒家」是警察時常臨檢的地方，或許是有人見她如此年幼就在特種行業討生活，常會向警方檢舉，於是三、兩天就有警察上門盤查，她得依信號四處躲藏。明鴈怨恨這種為母還債，卻永遠還不完的日子；憤怒家人對她的漠不關心，只想要拿錢！她更詛咒老鴇早日被警察抓到、酒家早日毀滅……，心裡的不滿，她全寫在日記裡。

老鴇習慣趁小姐不在房裡時進去東翻西看，一次正巧搜到明鴈未藏好的日記，她思考了一會兒，心中有了盤算……

情字這條路

一名年近四十、瘦高英挺的建築商人，經常來點明鴈的酒檯，老鴇看出他的心思，便對他說：「你若中意這個女的，就帶回去包養，但是要先把她欠的錢結清才行。」

不久，建築商人帶著手提包和一只行李箱出現；當明鳳坐上三輪車的那一刻，她感覺有如屋簷下的燕子振翅飛向天際，終於獲得自由了。

商人比明鳳年長將近二十歲，因為早有家室，不能經常陪在身邊，但她一點也不介意；她對他只有感激，所以不曾去打擾他的家庭。在徵得商人的同意後，明鳳把全家人都接來住，除了正式脫離風月場所，也象徵新生活的開始。

每個月，商人會把生活費交給明鳳打理，她很珍惜這分情，為他生下了一男一女，也感受到難能可貴的家庭溫暖。然而媽媽仍經常向她要錢還賭債，不給她就向阿公要，甚至轉向商人開口；這種如同無底洞的需索，讓商人很煩惱，擔心元配知道。原本感情很好的兩人，逐漸為此事爭吵不休，明鳳最後選擇分手。

她決定自力更生，除了原本的五口，再加上一兒一女，全家七口人都得仰賴她。每張嘴都像雛鳥一般填也填不滿，經濟壓力壓得她難以喘息，最終還是不敵現實，走回老路，那年她不過才二十出頭。

這次她在酒店待了一年。由於家裡裝潢的關係，認識了同年齡的裝潢師傅，他一邊工作一邊和明鴈天南地北地聊，也總有辦法逗得她哈哈大笑，加上兩人相處時的溫馨感受，讓渴望有個完整家庭的明鴈，以為找到了新的依靠。

因為對方不嫌棄她的過去，所以明鴈認定要一輩子跟著他，即使浪跡天涯也無所謂。隨著阿公、阿嬤相繼過世，兩個女兒也相繼出生。就在她的弟弟自軍中退伍、有了穩定的工作之後，明鴈便將照顧家人的責任託付給他，自己帶著兩個女兒跟隨先生到鄉下定居。一踏進門，看到三個小孩跑過來喊「爸爸」，明鴈著實嚇了一大跳……

雖然兩人未正式結婚，但是來到鄉下，明鴈還是很認真地盡媳婦的本分，對另一半前妻留下來的孩子也視如己出；但婆婆對她很不諒解，認為兒子會離婚，全是因為明鳫從中破壞的緣故，因此從未給她好臉色看。

先生常常喝得醉醺醺地回來，只要不順他的意，就是一陣打罵，有時還揪著她的長髮去撞牆，甚至亂剪她的頭髮。明鳫常在他的一陣拳打腳踢之後，沒命地奪門而出。

有一次，趁先生倒在床上呼呼大睡時，明鳫撫著身上的傷痕與腫痛，蹣跚地走到屋外，望見厚厚的烏雲遮住了月光，就像家暴的陰霾籠罩在她心頭一樣的黑暗；這一刻，孤寂的心被絕望佔滿，她抹了抹臉上的淚痕，轉身走回到房裡，悄悄地打開抽屜，收拾簡單幾件衣物，在黑夜中逃離……

離開不久，她就被先生找到，經他不斷地道歉、賠不是，保證以後不會再動手打人，明鳫想到自己從小缺乏父母的愛，不忍女兒像自己一樣沒有媽媽照顧，便跟著先生回到那不想再踏進的家門。

原以為經過這次事件之後，他能有所收斂和改變，但是女性的直覺及些許的蛛絲馬跡，明雁發覺先生竟然有外遇。於是爭吵的理由再添一樁，先生吵不過她就出手打人，遍體鱗傷的明雁只得再度逃家……

家暴、逃家，如此不斷循環十多次，她曾不堪受虐而跳河，也曾服用安眠藥及割腕；自殺三次都未成功，最後是四個孩子給了她活下去的勇氣。

因病意外走出家暴

長久以來的忍辱負重全為了孩子，明雁未曾注意自己的身體健康。三十三歲那年，感覺腹部有異狀，一檢查，才發現子宮內長了肌瘤，隨即接受手術切除；三十五歲時又發現罹患子宮頸癌。這次她沒告訴先生，直到住院後才通知他。隔天，先生帶著兩個女兒來到病房，如此的貼心，她感到很欣慰，豈料他將女兒留下來，一個人離去，她的心真的碎了！

住院期間，明鴈忍痛跪在地上幫女兒洗澡，到了晚上，一個女兒睡行軍床，另一個睡在她旁邊。孩子翻身時猛然一蹬，將她手術後的傷口踢裂了，這疼痛讓明鴈吃足了苦頭。出院後，她決定離開這個無情的男人，並搬去與弟弟同住，也終於與四名子女團圓。

然而日子總不能盡如人意，弟弟總是要結婚另組家庭的，為了不造成日後的困擾，明鴈便另外租屋居住，並做起小生意維持一家溫飽。背上揹著小女兒、腰間綁一條皮帶牽住次女，她就這麼推著流動攤車在淡水街上賣麵、賣炸粿。攤販間，只要有人敢欺負她，她會毫不留情地還手，還曾經拿起菜刀追得對方滿街跑。她相信，唯有武裝自己，讓自己比別人更壞，才不會被看不起。

當四個子女逐漸長大，她改到銀行做清潔工。為了賺更多錢，她白天在銀行打掃，中午賣便當，下午再到別處做打掃，一天三份工作從沒停過。從小，明鴈不曾感受過母愛，即使自己有了孩子，也不知該用何種方式愛他們，只知道賺錢供他們讀書，直到長大成人，她以為這就是盡了母親的本分。

由於長期的工作壓力，她下班後的娛樂不外是喝酒、唱歌或外出找樂子，明鳫總是菸酒不離身，不到深夜不回家；看人不順眼時開口就罵，因此家人誰也不想靠近她。孩子長期得不到家庭的溫暖，長女與小女兒最後只有選擇離開。

當親情愈來愈疏離，唯有恨與日俱增——沒有母愛的怨恨、對暴力情人的仇恨、對子女漠視自己的憤恨……明鳫恨別人看不到她的犧牲，所以更變本加厲地喝酒、唱歌，甚至連家也不回了。和旁人一言不和就吵架、打架，掀桌子、罵三字經，一切的一切，全是她宣洩情緒的方式。

為了做慈濟　發憤戒酒

當明鳫向同事訴說心中的苦悶時，有人建議她看大愛電視臺的節目。

那一天，她依舊一邊喝酒一邊看電視，手上的搖控器不斷轉動，忽然一位出家人出現在螢幕上，他說：「……不要為兒孫煩惱太多，那反而是增加他們的業障呀！……」這段舒緩又柔和的話語，明鳯覺得很有道理。後來才知道那位師父就是證嚴上人，從此以後，她便經常收看上人開示的電視節目。

後來輾轉認識一位慈濟的環保志工，她因而加入環保的行列。因為做打掃工作，常看到紙類和瓶瓶罐罐被丟入垃圾車，明鳯雖覺可惜卻又無可奈何。現在知道資源可以回收再利用，她好高興。

每天，除了將分內的打掃工作做完，還負責整棟十二個樓層的資源回收，將回收物一一分類與打包，她的酒伴兼同事阿龍笑她：「大姊頭！妳有空不休息還拚命做，真是頭殼壞掉了！」她一臉正經地回答：「你不懂啦！」

做資源回收其實並不輕鬆，拖、搬、扛、來來回回地，樣樣都需要體力，儘管身體並不好，明鳳還是堅持下去，還把自己專屬的休息室騰出來放回收的紙類。

大愛電視臺的節目看多了，明鳳發現有許多真人實事的故事，包括夫妻、婆媳和親子的問題，都因為有人「做慈濟」而得到改善，感動之餘，也想了解更多關於「慈濟」的事，於是打電話到慈濟臺北分會去。

「我要做慈濟！」隔日上班，她對阿龍說。

「啥？妳要做慈濟？我有沒有聽錯？要做慈濟可不是那麼簡單的事，妳……行嗎？」阿龍先是受到驚嚇，接著一臉懷疑的表情。

「沒錯！少廢話，電視上說，一百塊也可以救人，你幫我想辦法募款！」性情直率的明鳳像部隊中的班長訓斥班兵一樣地說話。

阿龍不敢違抗大姊頭的命令，就拿了一張白紙，寫好姓名、出生日期等欄位，拿到銀行行員面前，說這是要捐款救人的，叫他們一一簽名繳錢做善事，就這樣募到十六戶的會員。

當明鴈將這些錢送到慈濟臺北分會時，志工告訴她，如果沒有慈濟委員引領是沒辦法拿勸募本收款的。因為她真誠地表示要參與慈濟，志工便給她環保幹事林再錄的電話。在林再錄的妻子吳佳伶的帶領下，明鴈開始參加茶會與共修的活動；愈投入就愈歡喜，愈覺得自己過去壞事做盡，「這地方，我決定要！」她心裡打定主意。

不久後，明鴈發現，要加入這個團體真的不容易，慈濟十戒的每一條規範，她都沒有辦法做到，尤其是戒酒。過去，她每天昏睡不想清醒，大半輩子都像是浸在酒桶裡，要戒掉，談何容易？這時她聽到在慈濟流傳的一個故事：上人對一位想慢慢戒菸的人說：「如果慢慢改，不如就算了」、「一個男人輸給一支菸」、「連自己都無法控制住自己，那往後怎麼辦呢？」

為了守戒，明鴈想到了戒酒的好方法——想喝時，就把酒倒掉，而且三天內要成功，用以表明她的決心。但是戒酒過程真的很痛苦，酒癮一來，就像瘋子似地四處翻箱倒櫃找酒喝，但是她知道酒已經被自己倒光了，只好咬緊牙關，靠意志力支撐。她一大清早便出發做環保分散注意力，整天從一樓到十二樓不停地來回走動，藉此發洩精力，終於戰勝數十年的酒癮。

阿龍對原本菸、酒、檳榔、三字經從不離口的大姊頭，居然為了「做慈濟」，將所有的壞習慣在短短的三天內戒掉這件事，感到非常不可思議；對「慈濟」能把一個人重新塑造也大歎神奇。阿龍、銀行行員和同事因為親眼目睹明鴈的改變，也都認真地幫她招募會員，前後總共募到兩百多戶。

用愛彌補親情的裂痕

明鴈住在新店，工作地點卻在臺北市區，以前只要有錢賺，距離不是問題。進入慈濟後，她希望有更多的時間可以就近做慈濟事，不必來回奔波，因此她在佛堂跪求觀世音菩薩成全。沒想到不久後，就接到兒子在臺北市靠近捷運的地方租到房子的好消息。能與兒女們住在一起，明鳫好開心。

「改變別人之前，要先改變自己。」這句《靜思語》是明鳫砥礪自己的名言。孩子都不喜歡親近她，為了挽救瀕臨危險邊緣的親情，她心想：「我當志工，對會員那麼好，慈濟沒有給我一毛錢，我都能做得那麼歡喜了，為什麼我回到家裡要罵人？」

「多做一點又不會怎樣？為什麼我就不能對自己的孩子好一點呢？」她開始把女兒當成慈濟會員一樣地對待，不再亂發脾氣，什麼事都默默地做。

小女兒感受到媽媽的改變，雖然不知媽媽在做什麼，但是不再抽菸、喝酒、晚歸、亂罵人，卻是事實。家中的烏雲似乎有散去的跡象，然而她卻毫無把握，媽媽是真的改變或者只是風雨前的寧靜……

在明鳫結束慈濟委員培訓的最後一次靜態課程前夕，小女兒將衣物及隨身用品全部帶走，人也消失不見了！

明鳫的悲傷、心痛無處訴，只能無語問蒼天：「我已經用心在改了，為什麼妳還要狠心丟下我，連要去哪裡都不說！」她心情很低落，也還是擔憂女兒的安危，「不知道會不會出事了？」

「……不要為兒孫煩惱太多，那反而是增加他們的業障呀……」證嚴上人柔和的聲音又在腦海出現，明鳫想了想，決定不去找她，即使放心不下，還是默默祝福女兒平安無事。

委員培訓課程圓緣（註一）的日子終於到來，在心得分享的時候，明鳫看到許久未見的長女和小女兒出現在會場。她公開向女兒懺悔，要求原諒，要用自己的改變來彌補她們曾缺少的母愛；而女兒藉由這次活動不僅認識慈濟，也見證媽媽脫胎換骨的改變。

曾經叛逆的次女，現在也會打電話問她：「媽，吃飯了沒？」明鳫感動得喜極而泣，女兒都能重回身邊，比什麼都可貴，等了二十多年的親情，終於讓她等到了。

「女兒都肯原諒我了，那我自己呢？」明鳫無時無刻不在思考這個問題：過去，沒有母愛的怨恨、對暴力情人的仇恨，就像綁住腳的兩條粗繩，困得她好苦、好累；上人說：「前腳走，後腳放。」現在，好不容易認識慈濟，孩子也都回到身邊，「該是了結的時候了。」她告訴自己。

看到資深影像志工所拍攝的照片，明鳫才發現攝影原來可以這麼美，於是開始參加人文真善美（註二）的培訓課程，一有空就到戶外練習拍照。一次，當她正專心捕捉臺北一〇一大樓的美，天空突然陰暗了下來，午後雷陣雨來得既快且急；當雨過天晴，天邊出現一道彩虹，她毫不猶豫地按下快門，將瞬間的美麗化為永恆。

曾經有志工問明鳫，為何她所拍的照片，可以把人與人的互動神情抓得那麼精準？她回答說：「可能是從小到大總是看人臉色討生活，練就了迅速察言觀色的本領吧！」她心裡很明白，如果不是自己特殊的人生際遇，或許今天就不會發現自己有這分能力了。

如同曙光穿透重重烏雲般，明瞻經歷了人生一連串的打擊與磨難後，打開禁錮心門，放下心中的恨，過往一切就像無明的颶風逐漸飄散。她開始感受到身邊美好的事物，格外珍惜和四個孩子共享親情的時光，並把握每個可以付出的機會「做慈濟」。

註一：「圓緣」泛指一日以上的課程或活動的最後一天。原是慈濟大專青年聯誼會營隊結營活動的名稱，其意指參加活動的人員，圓滿全程參與活動的因緣。後廣用於慈濟各類型營隊的結營活動中。圓緣，並引申為圓滿事情或心中的願望；圓滿此次因緣，更待來日美好的善緣也。

註二：「人文真善美」係指文字（筆耕）、攝影、錄影，於活動報導時需要這三種志工共同配合完成任務而得名。

編者絮語

善待自己

黃基淦

人生無常，世事多變，當意外忽焉而至，當他人對我們造成永生無法彌補的過錯時，該如何面對？討回公道並非解決之道。證嚴上人說：「原諒別人，就是善待自己。」上人熟諳人性心理，從思考自我的角度出發，舉重若輕地將人我之間陷入矛盾的關係，指引出依循的方向。

誠然，怨懟有如徒手將灼熱的煤炭丟向他人，首先燒到的會是自己。唯有原諒，才是對自己溫柔的選擇，也是徹底化解彼此怨恨與嫌隙的良方。

本書書名《原諒》，主題意識鮮明，九位真實人物在歷經重大打擊或創痛後，對傷害他們的人，如何突破心理障礙、走出怨恨的牢籠？他們採取的應對做法都是「原諒」。但要做到原諒，何其容易？是上人的法，讓他們打從心底原諒了對方，從而自己也獲得精神上的解脫。難能可貴的是，九位故事主人翁願意將生命中難以承受之重的遭遇，據實呈現，從中讓人看到現實人生中小愛移作大愛、仇恨轉化為慈悲的事蹟精采紛呈。

可以想像，隱藏在他們內心深處的是一道很難彌縫的傷痕，但經由採訪，回首那不願被提及的往事，將斑斑淚痕鑲嵌在字裡行間，以提醒作為「前腳走，後腳放」的印記；同時將烙印在心版上的記憶，轉換成人生經驗與讀者分享，不啻是一種自我生命境界的昇華。

對於採訪的志工來說，這是一次新的嘗試，證明志工不只是有聞必錄的記錄者而已，他們也是寫得出感人文章的寫手；他們懂得以同理心，深刻體會受訪人物的心境，讓每個故事的生命樣態如實體現，因為在慈濟世界裡處處散播著美善的氛圍，誠正信實的信念拳拳服膺，不必擔心他們會寫出誇張不實的文章。

十位作者竭盡心力，完成的字數多在六、七千字以上，這無疑是一大挑戰，況且以志工非專業的能力能達到這樣的水平，委實不易。在與每位作者互動的過程中，數不清文稿修改過幾次，但清楚記得每一位用心學習的精神是令人讚歎的，往往為了幾個段落銜接的問題，他們得一次次補訪，如此來回往返之間叨擾受訪者，當再次與受訪者接觸，等於又一次撥開他們的傷口，觸碰他們不願面對的話題。這個問題，曾經是我所擔心的。

轉念一想，擔心也許是多餘的。想起十多年前曾請教一位資深作家談到關於書寫創傷的問題，這位林姓前輩的答覆是，寫作是一種心靈治療，不論自寫或被寫，讓無法抒發的情緒得到一個緩解的出口，雖然再次撩撥即將結痂的傷口，但透過每一次真誠面對傷痛的過程，其實是一次次減輕傷痛。

爾後，與幾位作者分享上述想法，獲得認同的回應。事實證明，先前的擔憂果然是多餘的。從後續增補的文稿內容來看，受訪者的配合度極高，有些受訪者一開始談起不堪回首的往事難免傷心，但隨著話題帶到過去，回想起往昔種種，卻讓他對曾經受到的傷害或已逝的親人，有一個撫平、慰藉的機會。訪談進行到最後，反而能一派輕鬆地聊起過往一切，甚至暢談未來，這是最讓採訪者感到心疼卻又值得欣慰的。

雖然往事不堪回首，但相信面對它，藉由書寫的方式與人分享，也是善待自己的方式。

《原諒》一書得以問世，是結合北、中、南區志工努力的結果。本書規劃多時，發想來自於何日生主任，還有賴睿伶師姊及多位同仁的協助。當文稿陸續完成，何主任也提供諸多難得的見解，對於催生本書與寫作方向的指引，裨益良多，更蒙他在百忙之中撥冗題寫序言，為本書增色不少，不勝感恩。

國家圖書館出版品預行編目資料

原諒：原諒別人就是善待自己/蔡慧珠等著.— 初版 — 臺北市：經典雜誌，慈濟傳播人文志業基金會，2011.12
240面；15*21公分

ISBN：978-986-6292-19-4（平裝）

855　　　　100019692

原諒——原諒別人就是善待自己

作　　者／蔡慧珠等
發 行 人／王端正
總 編 輯／王志宏
叢書編輯／朱致賢
策　　劃／賴睿伶（慈濟基金會人文志業發展處）
企劃編輯／黃基淦（慈濟基金會人文志業發展處）
編 輯 群／洪綺伶、涂鳳美、張明玲、高芳英、葉金英
　　　　　黃玉慈、張晶玫、胡瑞珠（慈濟基金會人文真善美志工）
美術指導／邱金俊
美術編輯／黃昭寧、涂道懿（實習）
出 版 者／經典雜誌
　　　　　財團法人慈濟傳播人文志業基金會
地　　址／臺北市北投區立德路2號
電　　話／02-28989991
劃撥帳號／19924552
戶　　名／經典雜誌
製版印刷／禹利電子分色有限公司
經 銷 商／聯合發行股份有限公司
地　　址／新北市新店區寶橋路235巷6弄6號2樓
電　　話／02-29178022
出版日期／2011年12月初版
　　　　　2014年10月初版5刷
定　　價／新臺幣250元

ISBN 978-986-6292-19-4（平裝）
Printed in Taiwan